禁忌的魔術。

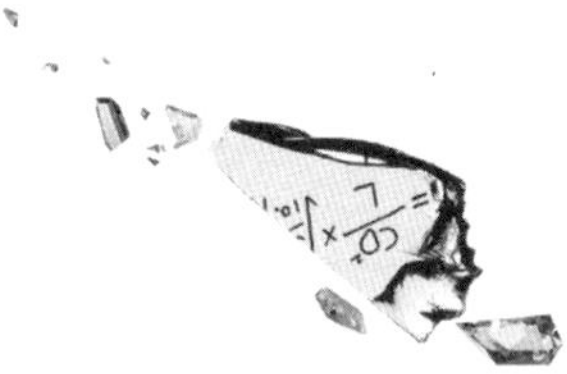

東野圭吾——著

王蘊潔——譯

科學的雙面刃——談《禁忌的魔術》

推理作家／**既晴**

東野圭吾筆下最知名的系列，當屬刑警加賀恭一郎、學者湯川學兩大探案。加賀探案，自第二作《畢業 雪月花殺人遊戲》（1986）即已登場，但人物設定從大學生、中學老師，一直到轄區刑警、搜查一課刑警，職業背景隨其創作認知、故事需求，持續變化，可視為作者的「現實分身」。

另一方面，湯川學出道於短篇〈燃燒〉（1996），不僅時間晚了整整十年，在發表至今的八部作品中，他一直是帝都大學物理系副教授，全心研究，對於社會人情世故，總抱著疏離淡漠的心態。如此人物設定，從一而終、彷彿時空定格，則可視為作者的「精神分身」。

的確，東野也曾自述，湯川系列是他決定擺脫市場機制對創作路線的框限，完全以自身的理系知識為書寫核心的嘗試。

稍作回顧，可知在東野出道初期，曾著墨於青春解謎推理，縱獲肯定，卻未使他大紅大紫；其後，又逢日本「新本格」浪潮，因此，諸如暴風雨山莊、敘述性詭計，他也從善如流，寫了好幾本。

事實上，他每年必有新作問世，產量穩定，且都在票選排行榜上有所斬獲，品質均有一定水準，不像新本格派主力軍，有時停筆多年、有時一下子出了一堆。這表示，他不但是個律己甚嚴的「模範生」，更是個深具「市場意識」的趨勢觀察者，難能可貴，但，終究無法使他站上一線作家之林。

儘管如此，他開拓各類題材、形塑多元風格的努力並未白費，這些長年累月的鍛鍊，使他累積了豐富的實務經驗，成了他日後能展現出爆炸性突破的關鍵，正所謂「十年磨一劍」，萬事皆備，只待東風。

而這陣東風，起於一九九八年。此前，東野總是盡力追求創作意圖、市場口味間的平衡，設法在兩者之間，找出一個折衷的平衡。這可說是「模範生」的標準作業流程，但也稍嫌保守、創新性不足。此時，東野決心大刀闊斧，將推理小說中的「詭計」與「動機」這兩大元素一乾二淨地劈開，做出了涇渭分明的區隔。

前者，即湯川探案《偵探伽利略》（1998）、《預知夢》（2000）兩部短篇集；後者，則針對「直木獎」為攻略目標，以《秘密》（1998）始，其後有《白夜行》（1999）、《單戀》（2001）、《信》（2003）等非系列作。

此後，東野不必再煩惱如何將「詭計」與「動機」這兩大元素「調和地」融合於同一個故事裡，而是分流並行，讓「詭計」歸「詭計」、「動機」歸「動機」。

經過了數年的努力，在這兩個路線上，東野都取得了更深層的領悟、更透徹的洞悉，才又合流為一，寫出了《嫌疑犯X的獻身》（2005）。

而，這也是他自此至今的「暢銷方程式」。

＊

今年（2018）甫逝的物理學家史蒂芬・霍金（Stephen Hawking）撰寫《時間簡史》（*A Brief History of Time*, 1988）時，編輯嚴正警告，書裡每多一道方程式，銷量就會減半。最後，霍金順而修訂，只保留一道「質能守恆」方程式：$E=mc^2$。

象徵理智結晶的科學、數學方程式，雖廣泛用於各項人類技術，但是，與人類豐沛、複雜的情感，卻總是毫不相涉，充滿一種冰冷感。更何況，推理小說中的犯罪行為，更是人類最具破壞力的一種激情，與方程式的距離，也就更形遙遠了。

然而，原本是冰火不容的理智與情感，終於在東野的先分流、後匯合的熔鑄下，湯川的長篇探案，以《嫌疑犯X的獻身》為起點，脫胎為一種嶄新的閱讀況味，呈現出奇妙、特異的「溫差」魅力。

湯川最新長篇《禁忌的魔術》（2015），源自收錄在同名單行本的短篇〈猛射〉（2012），是四個短篇的最後一篇。後來，在發行文庫本之際，前三篇與短篇集《虛像的丑角》（2015）合併推出。至於〈猛射〉，則在東野重新修訂下，將原本的兩百五十張稿紙，改稿為四百張稿紙的長篇，成為本作。

這是東野目前唯一一部同時有長、短篇版本的故事，不但代表他對此作的高度重視，這種先短後長的創作程序，不但顯現了湯川探案中關於科技發展與人性的矛盾，存在著更多的探究可能，在東野未來的作家生涯中，或許也暗示著一種新型的書寫可能。

將短篇小說改編成長篇小說，最出色的「伽利略」終於誕生

東野圭吾

二〇一二年，出版了短篇小說集《禁忌的魔術》，其中收錄了四則全新完成的中短篇小說，是作者本身也很滿意的一部作品。

其中，最滿意的就是〈猛射〉，以稿紙來計算，有大約兩百五十頁，差不多相當於中篇的份量。要不要再補充一些內容，寫成長篇？我曾經有過這個想法。

在此之前，伽利略系列曾經推出過三部長篇作品，我刻意讓這幾部長篇呈現出和短篇不同的感覺，盡可能減少科學的詭計，將全力投入在角色的人生故事上，《嫌疑犯X的獻身》的劇情和物理學幾乎沒有關係。

但是，我在短篇中會充分運用科學詭計，因為我認為伽利略當然要用科學的方法解開費解的謎團，這也正是伽利略系列的主題。

〈猛射〉也是一則以科學詭計為中心的故事，在形式上很適合放在短篇集中，所以當初就以中篇的篇幅收錄在短篇集中。《禁忌的魔術》這本短篇集的書名，其實

我原本想用於〈猛射〉這一篇故事。

但是，即使以短篇集的方式出版後，我始終惦記著這篇作品，覺得好像還可以加入各種元素，充分描寫人物，變成一則更有趣的故事。

不久之後，在即將推出文庫版時，我認為這是最後的機會，於是就拜託責任編輯，是否可以讓我把〈猛射〉改寫成長篇。責任編輯有點驚訝，但最後還是同意了，同時決定將剩下的三篇作品收錄在之前出版的《虛像的丑角》中。

於是，我開始著手將〈猛射〉改寫成長篇，但重新看整個故事之後，我終於瞭解為什麼一直對這個故事耿耿於懷。因為這是一個很大的主題，作者卻沒有搞清楚狀況，結果變成只是流於形式地寫出一個故事。

進行改稿作業時，我隨時思考「自己到底想在這部作品中發揮什麼？」漸漸地，除了主角以外，連配角和反派角色，每個人的生活方式和心情都在我內心明確成形，這是在寫中篇〈猛射〉時完全不曾有過的情況。

於是，就這樣完成了長篇小說《禁忌的魔術》。我可以斷言，這本書中出現的湯川學，是「整個系列中最出色的伽利略」。

（本篇出自日本二〇一五年出版《禁忌的魔術》文庫本之文藝春秋出版社官方網站）

禁断の魔術

ひがしの　けいご

1

一看手錶，發現晚上十一點剛過，目送留在大廳內的客人三五成群地離去後，吉岡看向手邊的電腦螢幕。

東京觀光飯店的夜晚很漫長，櫃檯晚班從晚上十點開始，但十點之後，仍然不時有客人辦理入住手續，半夜十二點過後才入住的客人也屢見不鮮。有不少是渾身散發出情慾的男女，但吉岡並不討厭接待他們。也許這一天是他們特別的日子，在某個餐廳吃完豪華大餐，喝了點小酒後來到這裡；也可能男生邀女生約會，成功地把她帶到飯店。在接待他們時發揮各種想像不失為一種樂趣，當然，他不可能把這種好奇心寫在臉上。

玄關的自動門打開，一名女子走了進來。她不到三十歲，雖然穿了一身合身的套裝，但稍短的裙子讓人覺得有機可乘。對女生來說，她的身高偏高，有一張瓜子臉，一雙大眼睛的眼尾微微上揚。

吉岡立刻想起她之前來過多次，自己也曾經接待過她兩次。只不過第一次和第二次時，她分別使用了不同的姓名。

「我姓山本。」女人小聲地說。

這次又用了不同的名字。吉岡心想。無論第一次和第二次時，都不是使用這個名字。

但是，他當然不動聲色地操作電腦。

「請問是山本春子小姐嗎？」

「對。」

「恭候您多時了，今天您要入住蜜月套房一晚，對嗎？」

「對。」

「謝謝，可不可以麻煩您先填寫一下？」他遞上住宿卡。

她拿起原子筆，填寫了住址和姓名。既然她使用了假名字，住址應該也是假的。飯店的客戶名單上不斷累積虛構人物的資料。

吉岡不經意地看向她的臉，不由得感到驚訝，因為她看起來氣色很差。之前就覺得她皮膚很白皙，但今晚的臉色看起來接近灰色。

她填完了住宿卡，上面填寫了千代田區的住址。

「山本小姐，請問您要用信用卡還是現金支付？」吉岡明知故問。

「我付現金。」說完，她打開皮包，從皮夾裡拿出現金放在托盤上。

「這樣夠了嗎？」

吉岡拿起現金數了一下，總共有十三張一萬圓。那個房間一晚的住宿費是十萬圓，這些訂金足夠了。她可能根據之前的住宿經驗知道了行情。

「謝謝您。」吉岡說完，按規定為她辦理了入住手續。

「讓您久等了，今天為您準備了1820號房。」吉岡把裝了房卡的卡套夾放在櫃檯上，「需要帶您去房間嗎？」

「不用了。」她在回答的同時將手伸向卡套夾，微微皺了一下眉頭，閉上了眼睛，看起來像在忍受某種疼痛。「怎麼了？」吉岡問，「您還好嗎？」

女人的嘴角露出微笑，點了點頭說：「我沒事。」然後拿起了卡套夾。

「請好好休息。」吉岡鞠躬說道，當他抬起頭時，發現她已經走向電梯廳。

明天早上，她也會一個人來這裡，辦理完退房手續之後獨自離開這家飯店，但她在房間時未必也是孤單一人。無論誰去房間找她，都和飯店方面無關。

又有一名像是上班族的男人走向櫃檯，吉岡轉頭看向那名男子，微微欠身打招呼。

「恐怖遊覽車已經抵達了，我們走吧。」門僮前輩拍了一下松下的後背說道，松下快步走向玄關。走出飯店門外時，大批中國遊客正走下停在車道的遊覽車。

遊覽車下方的行李廂內塞滿了行李箱和大行李袋，松下他們必須把這些行李搬進飯店內。他們的工作當然不是僅此而已，因為現在時間太早，無法辦理入住手續，所以必須把這些行李全都堆放在同一個地方保管。如果行李不多，當然不是太大的問題，但光是找一個堆放數十個行李的空間，就不是一件容易的事，而且還要避免造成其他住宿客人的困擾。

「為什麼這麼早就來？足足提前了一個小時。」前輩用網子蓋住排放好的行李時抱怨道。

「松下，」搬完行李，經過櫃檯準備回自己的工作崗位時，一名資深的櫃檯人員叫住了他，「可以麻煩你一下嗎？」

「什麼事？」

櫃檯人員手拿著電話，似乎正在打電話。他放下電話後問松下：「可不可以幫忙去1820室察看一下情況？因為客人現在還沒有來辦理退房，剛才打了電話也沒人接。客人已經事先支付了訂金，不可能就這樣離開。」

這家飯店的退房時間是正午，目前已經過了將近一個小時，的確有點奇怪。

「是男客嗎？」

「不，辦理入住手續的是一名女客，所以你要小心行事。」

「我知道了。」

松下拿著主鑰匙前往客房。１８２０號房是蜜月套房。

來到客房門口，他先按了門鈴，等了一會兒，房間內沒有反應，於是他又敲了幾次門，還是沒有反應。

事到如今，只能使用最後的手段。他說了一聲：「那我要進去囉。」把主鑰匙插進房卡感應器。

打開房門，小心翼翼地走進房間。客廳內沒有人影，桌上放著啤酒瓶和兩個杯子，兩個杯子中都剩了半杯啤酒。

臥室的門關著。松下也先敲了門，但房間內完全沒有任何反應。他深呼吸後，稍微大聲地叫了一聲：「打擾了。」因為女客可能在房間內熟睡。

「打擾了。」松下打開房門，探頭向房間內張望。

他瞥了一眼，立刻緊張起來。原本以為房間內沒有人，沒想到一個女人仰躺在加大的雙人床上，身上穿著襯衫和裙子。

幾秒之後，松下發自內心感到驚恐。

因為床罩被染成了鮮紅，他又隔了幾秒，才發現大量的血以女人的下半身為中心散開，女人腿上的絲襪也被鮮血染紅了。

這時，松下終於發現，臉色蒼白的女人微微張著眼睛，但完全沒有動靜——

他陷入了混亂，一時不知如何是好。他茫然地站在那裡，新買的智慧型手機在上衣內側震動起來。他想要拿出手機時，手機也差一點掉在地上。

「喂？」他好不容易擠出聲音。

「松下？你那裡的情況怎麼樣？」是資深櫃檯人員打來的，說話的語氣感覺格外悠然。

松下深呼吸後，一口氣說：

「出事了，客人被殺了，在床上……被人刺殺……」

2

帝都大學理學院歷史悠久，古芝伸吾一踏進理學院的大樓，立刻覺得空氣不一樣了。這當然不是指大樓內有霉味或是灰塵的味道，而是整個空間散發出一種富有格調的香氣，令人聯想到古老的博物館和美術館，也可能只是老舊的牆壁、地板和天花板上恰到好處的傷痕和污垢，讓人產生了這樣的錯覺。

有兩名學生迎面走來，兩個人都比伸吾年長，一臉嚴肅的表情討論著什麼。擦身而過時，他們都沒有看伸吾一眼，伸吾猜想他們可能在討論高難度的研究內容。在這裡，每個人看起來都像是優秀的前輩研究人員。

上了樓梯之後，沿著走廊，終於發現了他要找的研究室。牌子上寫著「第十三研究室」，門上掛了一塊去向告示牌。根據去向告示牌標示，伸吾要見的人正在研究室內。

伸吾用力深呼吸後打開了門，最先映入眼簾的是一張工作檯，工作檯後方有兩個人。一個身穿白袍的人坐在桌前，另一個看起來像是學生的年輕人站在旁邊。伸吾看不到他們的臉。

「呃，不好意思……」伸吾戰戰兢兢地開了口。

像是學生的年輕人轉頭看著伸吾，但身穿白袍的人只是輕輕舉起一隻手而已。

「等一下，要遵守先來後到。」他說話的聲音低沉而宏亮，伸吾覺得充滿懷念。

他走進室內，關上了門，站在那裡聽另外兩個人說話。年輕人似乎正在挨罵。

「總之，以後要避免這種疏失，再簡單的計算，也一定要親自驗算確認結果，不要被別人的結果影響。」身穿白袍的人用嚴厲的語氣說道。

「我知道了。」年輕人縮著脖子回答，有點沮喪地走出了研究室。伸吾目送他離去後，對著身穿白袍的人的背影開了口。

「那個……」

「你是第五個人。」身穿白袍的人張開手指，「我也對其他人說了，交報告的期限不會改變，我在第一堂課時就已經預告過了。」

「報告？」伸吾抓了抓頭，「請問這是……」

「不是嗎？」身穿白袍的人轉動椅子看著伸吾，收起了原本嚴肅的表情，立刻心虛地笑了起來，「喔……」

「湯川老師，好久不見。」伸吾笑著向他鞠了一躬。

「我記得你是……」身穿白袍的人——湯川用食指指著他說：「是古芝，沒錯，你是古芝伸吾。」

「沒錯。」伸吾興奮地回答。湯川不僅記得自己的姓氏，還記得名字，讓他感到很高興。

「好久不見。你怎麼會來這裡？啊，該不會……？」

「沒錯。」他用力點了點頭。「託老師的福，我考上了工學院機械工學系。」

「是嗎？」戴著眼鏡的湯川瞪大了眼睛，「太好了，恭喜你。」

湯川站了起來，伸出一隻手向他走來。伸吾在牛仔褲上擦了擦手上的汗，才和湯川握手。

「是不是有一年了？」湯川問。

「對，那次是高中春假期間，所以一年多了，不好意思，我一直想著要和老師聯絡。」

「這種事不重要，你忙著準備考試吧？之後的情況怎麼樣？有人加入社團嗎？」

「有兩個人，今年也有一個一年級的學弟加入。」

「那真是太好了，所以暫時擺脫了廢社的危機。」

「全靠湯川老師幫忙。」

「我並沒有做什麼，是你努力的成果。」湯川微微搖了搖手，走向流理台，「你有時間嗎？我來泡咖啡。不，我們去學生食堂好了，不瞞你說，我到現在還沒吃午餐。」

「對不起，我沒時間了。我要去打工，我目前在家庭餐廳打工。」

「打工？從白天就開始打工？」

「平時都是晚上打工而已，但今天是星期六。」

「對喔。」湯川輕輕點了點頭，「你果然很辛苦。」

「不，我沒問題。我之前也曾經告訴過老師，我家都靠姊姊養家。」

「你姊姊……的確聽你說過。」

「我下次還可以再來找老師嗎？」

「當然歡迎啊，希望下次可以多聊幾句。」

「我會在不打工的日子來這裡。」

「嗯，就這麼辦。你的手機號碼沒變吧？」

「還是以前那個號碼，那我先告辭了，打擾了。」伸吾鞠了一躬，走向門口。

「古芝，」湯川叫住了他，伸吾停下腳步，轉頭看著湯川。湯川說：「歡迎你來到帝都大學，加油喔。」

「好！」伸吾精神抖擻地回答。

走出理學院的大樓，伸吾用力吐了一口氣。因為緊張未消，所以身體有點熱。能夠見到好久不見的恩人，讓他興奮不已。

這位物理學的副教授是伸吾高中的學長，只不過年紀相差二十多歲，應該算是大學長。

當初是因為伸吾寫信給湯川，他們才會認識。在高二第三學期即將結束時，他焦急不已。原因很簡單，因為他所屬的社團在三年級學長畢業之後，只剩下他一個人。

那個社團名叫物理研究會，是科學宅男聚集的社團，專門做各種物理實驗，但近年幾乎沒有人想要加入這個社團。

四月之後，就會有新生入學。他認為如果表演什麼富有吸引力的實驗，就可以順利吸引新生加入，卻想不到任何好主意。不，即使有好主意，也沒有預算。他和顧問老師討論了這個問題，但顧問老師只是皺起眉頭，完全沒有幫上忙。

他苦思惡想之後，想到可以向已經畢業的校友求助。他決定調查名冊，尋找可能有幫助的人選。但是，光看姓名和頭銜，無從得知誰願意幫忙，最後只能寫信給所有可以查到聯絡方式的校友，訴說了目前的困境。

只可惜他遲遲沒有收到滿意的回覆，而且很多信件因為地址不明而被退了回來。名冊太舊了，根本派不上用場。

正當他準備放棄時，他在信中留的電子郵件信箱收到了一封信。看到對方的網域，他忍不住瞪大了眼睛，因為那是帝都大學的信箱。

寫電子郵件給他的正是湯川學。看了郵件內容之後，伸吾覺得在黑暗中看到了一線光明。湯川在信中說，他願意鼎力相助，避免物理研究會這個社團廢社。

三月初的某一天，湯川來到學校。雖然他沉默寡言，但身體很結實，渾身散發出年輕的感覺。一問之下，才知道他高中時參加羽毛球社。伸吾原本以為他年紀更長，而且和運動無緣，所以有點意外。

湯川準備了幾個為新生表演的實驗，每一個都很吸引人，伸吾挑選了其中一個。那是一個使用電流和磁場的實驗裝置，伸吾覺得這個實驗最震撼，只不過製作很困難，而且預算也不便宜。沒想到湯川再度提供了協助，把大學剩餘的機器和材料提供給他使用。

高中放春假後，伸吾正式著手製作。湯川也幾乎每天都來學校，向他傳授各種技巧和知識。伸吾一直認為自己科學方面的知識很豐富，卻不得不佩服湯川淵博的知識和經驗，和湯川在一起時，隨時都有新發現。有時候因為理論太費解，伸吾不太能理解。當他想要放棄時，湯川難得說了重話。

「不要放棄，你們年輕人不可能無法理解以前的人能夠想到的事。但只要放棄一次，就會養成放棄的習慣，原本可以解決的問題也解決不了。」然後很有耐心地說明，直到伸吾能夠理解。

伸吾覺得，湯川不僅是一個出色的科學家，更是一個出色的人。

在「裝置」完成之後，伸吾進行了試驗，並參考湯川的建議進行改良。春假後期，完成了幾近完美的「裝置」。他自己感到很滿意，湯川也稱讚他說：「我的學生也沒辦法做得這麼出色。」

那天晚上，伸吾邀請湯川去家裡慶祝順利完成。他和姊姊兩個人住在公寓，他們的母親在伸吾年幼時因病去世，父親也在伸吾讀中學三年級時車禍身亡。父母去世之後，就由姊姊秋穗負責養家。

秋穗準備了壽喜燒，湯川惶恐地吃著肉和蔬菜，喝著啤酒。和湯川一起喝酒的姊姊也很高興，因為姊弟兩人相依為命之後，第一次邀客人來家裡。

喝了幾瓶啤酒之後，這位副教授變得健談起來，說了很多話。科學的歷史、宇宙、未來——他的話題很豐富，伸吾百聽不膩，然後不由得想起了死去的父親。

伸吾很尊敬父親。伸吾的父親惠介是重型機械製造商的技術人員，他經常說：「掌握科學的人就能夠掌握世界。」

「奧林匹克就是最好的例子，光是鍛鍊身體，無法贏得比賽，只有充分研究健康管理、訓練、技巧、戰術、工具、釘鞋、泳衣——所有這些運動科學的人，才能夠得到勝利，所謂的毅力論和精神論根本荒謬至極。不，其實深入研究精神，就會發現是腦科學的問題，反過來說，有科學做為助力的人所向無敵，任何夢想都可以實現。」每次在晚餐喝酒時，惠介就會談論這些事。

雖然伸吾每次都覺得：「又開始了」，但其實並不討厭父親談這些，久而久之，他也對科學產生了興趣。

伸吾只有在和湯川乾杯時喝了一杯啤酒，但似乎喝醉了。當他醒過來時，發現自己躺在沙發上，身上蓋著毛毯。他轉動有點昏沉的腦袋，看到湯川和秋穗面對面坐在餐桌前小聲說話，但聽不清楚他們在聊什麼。

伸吾坐了起來，秋穗問他：「你醒了嗎？」

「你們在聊什麼？」

「秘密。」秋穗調皮地笑了笑，湯川立刻告訴他：「我們在聊你的父親，掌握科學的人就能夠掌握世界——這句話說得太好了。」

伸吾感到內心一陣溫暖，覺得湯川在稱讚父親，於是對湯川說了聲：「謝謝。」

四月之後，湯川就不再來學校，他似乎要去美國三個月。他在臨別時說：「該教的都已經教你了，祝你順利招募到新的成員。」

伸吾使用該「裝置」做的實驗順利招募到新的成員，但他不知道湯川在美國的聯絡方式，所以無法通知。之後忙於準備考大學，也就漸漸疏遠了。

但是，他從來不曾忘記湯川，相反地，對湯川的崇拜讓他能夠更用功讀書。他想報考帝都大學，除此以外，不作他想。但是，他並不是想讀物理系，而是以機械工學系為目標，因為他認為這樣以後比較容易找工作。伸吾雖然崇拜湯川，但知道自己並不適合當學者。

在湯川所在的帝都大學努力學習科學知識，日後成為像父親那樣優秀的研究人員，這是伸吾目前的目標。

走出大學校門外時，手機響了起來，來電顯示「秋穗」。她昨天晚上沒回家，因為工作的關係，這種情況時常發生，所以伸吾並沒有太在意。

「喂？妳這個隨便在外面留宿的女人，找我有什麼事？」他故意用戲謔的語氣說。但是，他並沒有馬上聽到對方的回答。電話那一頭猶豫片刻之後，傳來一個男人的聲音。

「喂？」

伸吾緊張起來，以為自己剛才看錯了來電顯示。

他沒有回答，電話中再度傳來男人的聲音：「喂？請問是古芝伸吾嗎？」

「呃……啊，對，我就是。」伸吾陷入了混亂，對方怎麼會知道自己的名字？

「我是警察。」

「啊？」

「因為，」對方停頓了一下，繼續說道：「古芝秋穗小姐去世了。」

這句話穿過伸吾的大腦，他不知道自己聽到了什麼。

「喂？你可以聽到嗎？古芝秋穗小姐——」男人重複了和剛才相同的話。

伸吾的腦袋一片空白。

3

傍晚五點剛過，列車即將抵達目的站。看向車窗外，發現白天的時間雖然變長了，但天空中布滿厚實的雲，天空的顏色很暗。希望等一下離開時不會下雨，鵜飼和郎心想。黃金週才剛結束不久，就已經進入擔心梅雨季節的時期，時間過得真快。

列車抵達車站後，他夾著公事包來到月台。在這裡上下車的乘客似乎比上次來的時候增加了，如果這意味著這個城市增加了活力，是一件好事。

驗票口前方有一塊巨大的看板，上面寫著「歡迎光臨科學城」，身穿太空服的少年和身穿白袍、手拿燒瓶的少女笑臉相迎。雖然覺得很俗氣，但廣告公司的人說，一般民眾更容易接受這種表達的方式。既然對方這麼說，就只能接受了。

來到站前廣場，前往計程車搭乘處。馬路對面正在建造房子，聽說要建造一家和車站相連的商務飯店。雖然鵜飼覺得在充分瞭解實際需求之後再建造也為時不晚，但當地政府可能覺得好不容易有振興城鎮的機會，所以難免迫不及待。

搭上計程車後，他向司機說了目的地。計程車出發後不久，就發現路旁豎了不少標語牌，「自然比科學更重要」、「保護珍貴的動植物」，還有的寫著「拒絕核能」。

「最近的情況怎麼樣？」鵜飼看著司機一頭白髮問，「有沒有因為ＳＴ的帶動，搭計程車的人數增加？」

「嗯，」司機看著前方，微微偏著頭，「工程相關人員會搭計程車，但本地人還是很少搭。畢竟什麼都還沒開始，以後應該會好轉吧。」

「是啊。」鵜飼附和著，什麼都還沒開始——的確就是這樣。

計程車行駛了十分鐘左右，他下了車。

那家店位在離鬧區有一小段距離的地方，乍看之下，以為只是小巷內的一棟老舊民宅。雖然有招牌，但招牌很不明顯，第一次來這裡的時候，耗費了不少工夫才終於找到。

打開拉門，是一條狹窄的通道。一個身穿日式工作衣的中年女人從裡面走了出來。鵜飼沒有自報姓名，女人就對他露出婉約的笑容說：「歡迎光臨，其他人已經到了。」

鵜飼跟著女人走了進去，來到一間八張榻榻米大的日式房間。已經有四個男人坐在室內，其中兩個人跪坐在前方，另外兩個人並排坐在四方形的桌子前。鵜飼認識這兩個人。

「你們兩位是怎麼回事啊？應該坐裡面啊。」鵜飼指著壁龕前的空位，對坐在桌旁的兩個男人皺起眉頭說道。

「不不不不，鵜飼先生，該由你坐上座。」顴骨很高的池端說道，他是鵜飼擔任秘書的眾議院議員在本地後援會的會長。

「沒錯，請入座，別客氣。」池端旁邊的男人也說道。他姓西村，是一家大型房屋仲介公司的老闆，也是這個城鎮目前正在推動的計畫的實質負責人。

「真傷腦筋啊。」鵜飼嘀咕著，在上座坐了下來，「坐這裡感覺很不安啊。」

「你今天是代表大賀議員，所以當然要有點氣勢。」池端說完笑了起來，向穿著工作服的女人點了點頭。女人鞠了一躬後走了出去，關上了入口的紙拉門。

池端轉頭看向鵜飼，「你大老遠趕來這裡，辛苦了。」

「大賀如果聽到你這麼說會生氣，他會說，光原町離東京根本不遠，所以才會推動這次的計畫。」

「哈哈哈，這倒是真的。」池端露出一口黃牙。

鵜飼將視線移向西村。

「大賀要我向你問好，還為今天無法親自前來感到抱歉。」

「千萬別這麼說，照理說，應該由我們去拜訪。今天還勞駕你特地跑一趟，真的很惶恐。」

「不必放在心上。各地的工程還順利嗎？」

「目前並沒有任何太大的問題，只是糸山地區有點小狀況。」

「我在電話中也聽說了，糸山地區就是G棟預定地吧？又發生了什麼狀況嗎？」

「是啊是啊。」西村不置可否地點了點頭，看向坐在一旁的兩個男人，「你們向鵜飼先生說明一下。」

兩個男人中，沒有戴眼鏡的那個人跪著挪到桌旁，他遞上了名片，自我介紹說是負責糸山地區的岡本。

「說白了，就是這陣子的反對運動猖獗。」岡本說。

「是喔，果然是這個問題啊。」鵜飼點了點頭，「我來這裡的途中，看到城鎮上到處都有抗議標語牌。之前似乎已經平息了，最近抗議聲浪又擴大了嗎？」

「是啊，而且情況有點複雜。」岡本在桌上翻開資料，打開一張圖。那是建築物和周邊土地的平面圖，「在G棟預定地往北一公里的地方，發現了金鵰的巢。」

「喔喔，是金鵰啊。」

鵜飼聽到意想不到的名字，有點不知所措。

「沒錯，被認為是瀕臨滅種危機的鳥類。反對派以此為由，向縣政府訴請禁止繼續施工，聽說近日也會向環境省提出請願信。」

「之前其他地區也有類似的情況，我記得當時是某種昆蟲。」

「是昔蜻蜓。」岡本說，「還曾經提過山椒魚，我們都進行了環境調查，環境省也掛保證說不會造成任何影響，所以順利化解了危機，但這次的情況很微妙。環境省積極保護金鵰，工程預定地距離金鵰的巢只有一公里，的確太近了。」

「是喔，但許可證是由縣政府核發，縣政府方面怎麼說？」

「如果根據環境省的相關規定，以目前的狀況，恐怕很難核發許可證。但如果環境省認為工程沒問題，他們也希望採取富有彈性的態度……」

「原來是這樣。」

他們的言下之意，是希望鵜飼去向環境省協調。

「有沒有辦法解決呢？」西村插嘴說，「聽岡本說，如果要認真調查對金鵰築巢是否有影響，恐怕要花上好幾年的時間。糸山地區原本就有很多棘手的問題，工程會最晚開始動工，如果繼續耽誤，恐怕會影響到整體的計畫。」

「我瞭解了，我回東京之後，會立刻向大賀報告這件事。」鵜飼拿出記事本說道。

「那就拜託了。詳細情況，只要看這份資料應該就很清楚了。」岡本闔起資料遞給鵜飼。

「那我就先收下。」鵜飼把資料放進皮包後，看著西村說：「反對派那些人一直都不放棄啊。」

「他們非但不放棄，還千方百計找碴，真是傷透了腦筋。」西村把眉毛皺成八字說道。

「目前已經決定要實施計畫，而且也有幾項工程已經開始動工，他們為什麼這樣堅持抵抗，果然是因為G棟的問題嗎？」

「沒錯，對他們來說，其他工程還是小事，但絕對不同意G棟的建設。話說回來，我們當初都預料到會遭到反對，最後因為光原町接受了這個設施，所以才決定實施這項計畫。」

「你剛才說他們千方百計找碴，除此以外，他們還說了什麼？」

「他們的花樣可多了，最近對已經開始動工的工程找麻煩，說沒有遵守當初的約定，在工程進行時保護環境。其他地區發生了誤伐預定地以外樹木的情況，他們就拍下照片向縣政府抗議，要求立刻停工。」

「是喔，他們真有行動力啊。」

「雖然只有一小部分人很激進，呃，所以——」西村看向岡本身旁的另一個男人，「雖然不能算是介紹，但我覺得可以讓你認識一下，所以今天把他也找來了。他是負責協調工作的成員之一，我希望他今後也可以參與對付反對派的工作。」

「請多關照。」男人姓矢場，他遞上的名片上印著建築顧問的頭銜。

鵜飼也和他交換了名片。矢場雙手接過名片，低頭把名片高舉過頭頂後，小心翼翼地放進了自己的名片夾。鵜飼立刻打量著這個初次見面的男人。

雖然他一身樸質的西裝，但絕對不是便宜貨。金框眼鏡後方有一雙狡猾地隨時想要趁虛而入的眼睛，他以前可能打過拳擊，耳朵被打成了花菜狀。

「在徵收土地時，引田地區曾經發生糾紛，當初多虧他負責協調工作。談判的時候資訊很重要，瞭解對方的底細是致勝關鍵，所以他積極蒐集了每個人的資訊，最後才成功地各個擊破。」

「是喔。」鵜飼的視線從西村移向矢場。

「不不不，」矢場微微搖著手，「沒什麼了不起，只是每個人都有慾望和弱點，我只是腳踏實地掌握了這些資訊而已。」

「有辦法用這種方法搞定反對派嗎？」

「不知道，」矢場微微偏著頭，「目前還很難說，但發現了一個突破口，我打算從那裡開始進攻。」他的嘴角露出了無敵的笑容。

「那就太安心了。」

鵜飼認為最好不要問那個突破口的詳細內容，所以只是跟著笑了笑。

「那我們就先告辭了，」矢場說，「我會請老闆娘送菜進來。」

「好，那就拜託了。」西村回答。

矢場和岡本離開後，池端雙眼發亮地說：「那個叫矢場的人好像可以發揮很大的作用。」

「沒錯，」西村點了點頭，「他的人脈也很廣。池端先生，鵜飼先生，你們日後如果有什麼麻煩，可以儘管找他。」

「謝謝。」鵜飼低頭道謝的同時，暗自下定決心，絕對不可能這麼做。這個能夠發揮作用的男人就像刀子和火藥，只要稍不留神，就會惹火上身。西村所說的人脈，應該是指他和黑道之間的關係。

鵜飼抬起頭時，拉門剛好打開，剛才那個穿工作衣的女人出現在門口。

4

倉坂由里奈在五月底的時候發現了那名員工。那天是高中期中考試的第一天，中午過後，她就回家了。雖然提早放學，但她不想和同學去外面亂逛，而且明天和後天還要繼續考試。最重要的是，她今天數學考得很差，不必等分數公布就已經知道了。她幾乎沒有幾題寫對，所以很希望其他科目的成績可以好一點。她打算回家吃完午餐，就馬上開始復習。

由里奈走在倉庫和工廠密集的街道上，不一會兒，來到「倉坂工機」前。那是她父親經營的工廠，在這一帶算是規模頗大的工廠。

因為是午休時間，所以工廠內並沒有傳來嘈雜的機器聲。她不經意地看向工廠的方向，看到一個年輕人坐在木箱上，正在看像是雜誌的東西。因為他穿著工作服，所以應該是員工。「倉坂工機」隨時都有近二十名員工，而且人員更動很頻繁，所以由里奈並不認識所有的人，也不曾看過這個年輕人。

他剛好抬起頭，結果和他四目相接。由里奈慌忙移開視線，邁開步伐，這才發現自己剛才停下了腳步。

回到家之後，也一直想著那個年輕人的事。他那雙帶著一絲憂鬱眼神的明亮眼睛，深深烙在由里奈的腦海中。他的年紀可能比由里奈稍長，之前曾經聽父親說，今年四月，有一個高中剛畢業的男生進了公司，但很快就離職了，所以又要招募新的員工，他就是新進的員工嗎？

晚餐時，見到了父親達夫。她原本想問那個年輕人的事，但最後沒有問出口，因為她找不到開口問這件事的藉口。

她無法專心復習。明天也會在差不多時間回家，到時候要去工廠看看——她滿腦子都想著這件事。

第二天的考試也不理想，但另一個想法如願了。回家的路上，當她經過工廠前時，那個年輕人和前一天一樣坐在木箱子上。他手上拿著書，但並沒有看書，而是怔怔地凝望著遠方。由里奈並沒有停下來，卻稍微放慢了腳步。她覺得如果像昨天一樣四目相接就太尷尬了，但又帶著一絲期待，然而，他最後並沒有抬頭看她。

過了一陣子之後，由里奈才終於得知了他的相關消息。晚餐時，父親達夫和母親聊起了「五月進公司的那個高中畢業的年輕人」，達夫說「那個年輕人相當出色」。

「什麼事都一學就會，而且很懂得靈活運用，就是所謂的聞一知十。我真是撿到了寶，一定要好好栽培他。」達夫一邊吃著飯，一邊好像在玩味自己的話，頻頻點著頭。

「這麼優秀的年輕人，為什麼沒讀大學？」

母親納悶地問，父親有點洩氣地回答說：

「妳到底有沒有認真聽我說話？我之前不是說了，他父母都已經過世了嗎？」

「啊，你好像說過，而且好像是他哥哥在撫養他。」

「不是哥哥，是姊姊。他姊姊在今年春天去世了，所以他必須自己出來工作。」

「沒錯沒錯，真的太可憐了。不過，他真的很了不起，一個人這麼努力。」

由里奈聽著父母的對話，想起了他的臉，覺得似乎稍微瞭解了他為什麼臉上有一抹陰鬱的表情。雖然很想助他一臂之力，但完全想不到自己能為他做什麼。

接下來那一陣子，由里奈沒有再見到他。不久之後，高中開始放暑假。有一天，她在自己的房間內玩手機，接到父親達夫打來的電話，說今天工廠的事務員請假，要她去公司幫忙接電話。那個父親暱稱她朋妹妹的事務員阿姨人很好，但經常以孩子身體不舒服之類的理由請假。

「啊，又要去喔？為什麼不找媽媽？」由里奈不悅地問。

「妳媽媽反應很遲鈍，或者說有點脫線，反正就是不夠機靈。之前妳代班接電話時，客戶都很滿意，說聽到年輕女生的聲音心情就很好，爸爸會付打工費給妳。」父親在有事拜託時，說話的語氣親切得讓人發毛。

由里奈雖然覺得很麻煩，但如果有薪水，就另當別論了。而且，她也能理解達夫說的話。母親做事不得要領，由她接電話的確令人不安，之前曾經沒有確認對方的姓名，就直接掛了電話。

由里奈穿著便服去了父親公司的辦公室，借用了朋阿姨的辦公桌做暑假作業，幫忙接偶爾打來的電話。聽說升上三年級之後就沒有暑假作業了，但由里奈他們二年級學生還是要做暑假作業。

很多人在辦公室進進出出，但沒有人向由里奈打招呼。因為大家都知道她是老闆的女兒，只是來幫忙接電話。她也完全不在意周圍的人，因為她從小就經常出入這裡，對她來說，這裡就像是家裡的一部分。

所以獨自坐在辦公室時，即使知道有人走進來，她也不會抬頭。她看著眼前的數學題，但並不是在思考如何解題，而是在想如果不寫這些數學題就交出去，數學老師會有什麼反應。她正漸漸得出結論，如果只是被罵幾句，那就沒關係。

就在這時，由里奈聽到頭頂上傳來小聲嘀咕的聲音，「cos(2x)=2cos(x)^2-1」。

由里奈驚訝地抬起頭，發現站在身旁那個身穿工作服的年輕人就是之前那個人，不由得緊張起來，體溫也在瞬間上升。

他害羞地摸了摸腦袋，指著桌上的數學講義說：

「這是……加法定律。」

「喔，可能是。」

加法定律——由里奈知道有這樣的定律，但不知道該如何使用。

「這是很一般的問題。」他看了題目後說。

「你會解嗎？」她抬眼問道。

「應該會。」

他回答後，拿起自動鉛筆，站在那裡，不假思索地寫下算式。他完全沒有思考，看起來好像只是在抄寫東西，也許他腦袋裡的黑板上，早就已經寫好了答案。

「應該是這樣。」他寫完後說。

「太厲害了。」由里奈看了解答，忍不住瞪大眼睛，「你數學很好嗎？」

「應該算還不錯。」他害羞地笑了起來。

「那這一題呢？」由里奈又給他看了另一題。

他只是瞥了問題一眼，就在解答欄內寫了起來。這次也沒有坐下來，短短幾分鐘就寫完了。

爸爸說的沒錯，由里奈心想，他是非常優秀的人才。

「你真聰明。」

「沒這回事。請問妳是老闆的千金嗎？」

「對……」由里奈小聲回答，因為「千金」這兩個字讓她感到害羞。

「我是今年剛進公司的古芝，請多關照。」他鞠躬說道，胸前的名牌上寫著「古芝」。

「啊……彼此彼此，請多關照。」

由里奈向他打完招呼時，辦公室的門打開了，一名資深員工探頭進來說：「伸吾，走囉。」

「好。」他回答後，向由里奈點了點頭，走向門口。由里奈目送他離開後，拿起了員工名冊。

他的全名叫古芝伸吾。

兩天後，由里奈拿著數學習題集，趁午休時間去了工廠。向工廠內張望後，發現他在老地方，他似乎剛吃完便利商店的便當，正在收拾。他脫下了工作服，穿了一件短袖T恤，露出的手臂讓由里奈不敢正視。

幸好沒有其他員工。可能因為天氣太熱，大家都留在室內。由里奈鼓起勇氣向他打招呼說：「你好。」他轉頭看了過來，也笑著向她問好。

「可以打擾一下嗎？」由里奈說完，出示了習題集。

「喔。」伸吾恍然大悟地點了點頭說：「可以啊。」

由里奈和他一起坐在他平時當成椅子坐的木箱上，拿出了解不出來的數學題。

「原來是因式分解，解這種類型的題目有方法。」伸吾拿起自動鉛筆，迅速寫下了解法。他在解題時，逐一說明了每個步驟。

他的說明很詳細，也很簡單易懂，由里奈覺得自己好像也變聰明了。

「除了數學以外，你還擅長哪些科目？」由里奈問。

「物理和化學，還有英文。」伸吾偏著頭說，「但不瞞妳說，國文和社會就不怎麼樣了。」

「根本是典型的理組人，你這麼聰明，無論想考哪一所大學都沒問題。」由里奈說出口之後，才發現自己說錯話了。

但是，伸吾並沒有露出不愉快的表情，面帶笑容地低頭看了看手錶，站起來說：

「我要進去了，隨時歡迎妳再來，我也很開心。」

「好。」由里奈回答，很高興聽到他說很開心。

那天之後，由里奈不時去工廠問他功課。無論再費解的內容，伸吾都會努力用簡單的方式說明，而且很有耐心，直到由里奈理解為止。當由里奈因為聽不懂想要放棄時，他還勸她說，千萬不能放棄。

「只要放棄一次，就會養成放棄的習慣，原本可以解出來的問題也解不出來了。」

然後，他又重新開始說明，直到由里奈完全理解。她發現這些行為來自他的善良，也覺得除了父母以外，從來沒有人這麼重視自己。

有一天晚上，達夫問她：「聽說妳最近常和古芝見面。」不知道是誰告訴爸爸的。

「我只是請他教我暑假作業。」由里奈嘟著嘴說。

「妳不必露出這種表情，我並沒有罵妳，反而覺得這是一件好事。他真的很聰明，雖然我覺得他可以一邊工作，一邊上大學，但他自己沒有這個意願，所以也無可奈何，他目前好像滿腦子想著工作。雖然他還很年輕，但真的很了不起。」

達夫說，伸吾為了趕快適應工作，每天下班之後，仍然獨自留在工廠內，練習操作機器和加工金屬，而且還去駕訓班學開車，準備考駕照。

「如果可以順利栽培他成材，我們公司的未來就沒問題了。」達夫用這句話總結了對伸吾的大肆稱讚。

幾天之後，由里奈再度受達夫之託，去辦公室幫忙接電話。中午的時候，一個男人走進辦公室，他年約四十，個子很高，戴著眼鏡，當時只有由里奈一個人在辦公室。

「這裡是不是有一個名叫古芝伸吾的年輕人？」那個男人問。

由里奈一聽到伸吾的名字，心跳就不由自主地加速。

「對，但他正在工作，十二點十五分開始午休。」

時鐘指向十二點剛過，這個男人應該是算準了午休時間來這裡。

「是嗎？我要找他，我可以等他嗎？」

「啊……可以，如果你不嫌棄，可以坐在那裡等他。」由里奈指著用隔板隔開的會客區。

「是嗎？那我就不客氣了。」男人微微欠身後走去那裡。

父親曾經叮嚀她，有客人上門時，要送上飲料。由里奈把寶特瓶裡的茶倒進杯子，用托盤端去會客區，發現客人並沒有坐在椅子上，而是站在架子前，打量排放在架子上的金屬加工品。

「請用。」她把杯子放在桌上。

「啊，謝謝。」男人有點惶恐地說，然後拿起剛才在打量的樣品問：「這是你們工廠的產品嗎？」

「啊，我想應該是。」

「據我的觀察，應該是用放電加工法製作的，請問妳知道使用的是哪種電極嗎？」

「啊？」由里奈忍不住後退，她完全聽不懂男人剛才說的話。

「不好意思，沒關係。」他似乎發現問錯了人，把樣品放回架子上，「對了，他的情況怎麼樣？」

「他是指……？」

「古芝，他在這裡還好嗎？」

「是啊，我想應該還不錯。」

「他已經適應工作了嗎？」

「這……沒錯，我爸爸說，他很努力。」

男人聽了由里奈這句話，微微瞪大了眼睛，「妳是老闆的女兒？」

「對，現在放暑假，所以來幫忙一下。」

「原來是這樣。」男人恍然大悟地點了點頭，坐了下來，把手上的白色塑膠袋放在桌上。隔著透明的袋子，可以看到裡面裝了一個木盒便當，可能是帶給伸吾的午餐。

雖然由里奈很好奇他是誰，也想問他和伸吾到底是什麼關係，但不知道該如何開口，於是就拿著托盤站在原地，男人主動告訴她：「他是我的學弟。」

「啊？」

「古芝是我高中的學弟，我們加入相同的社團，他在那個社團時，我曾經以學長的身分，向他提供了一些建議。」

「原來是這樣，是什麼運動社團嗎？」

「不，是物理研究會，都是一些不起眼的學生聚在那裡。」

「物理……是喔。啊，但是很像是古芝會參加的社團。」

男人舉到嘴邊的杯子頓在半空，「妳真瞭解他。」

「不……我和他沒那麼熟，因為大家都說他很聰明，他也曾經教我功課。」

「教妳功課？」

「對。啊，但只是教了一點而已。」

男人露出意味深長的眼神看著由里奈，由里奈覺得自己可能太多話了。「失禮了。」她鞠了一躬，轉身離開了。

午休很快就到了。由里奈看到員工都從工廠走了出來，立刻站起來。走出辦公室，看到古芝伸吾一個人走出工廠，他平時都去便利商店買便當。由里奈叫住了他，說有客人找他。

「客人？」

「年紀比你大很多，但他說是你高中的學長……你們加入同一個社團。」

「喔！」伸吾點了點頭，似乎知道來者是誰。

他走進辦公室，由里奈也跟在他身後走了進去。

伸吾在會客區見到了客人，兩個人都面帶笑容，似乎為重逢感到高興。由里奈不由得鬆了一口氣。

由里奈也為伸吾倒了茶，把茶裝在杯子裡送過去時，聽到了他們的談話。伸吾叫那個男人「湯川老師」，所以由里奈猜想他可能是老師。

由里奈回到座位後，達夫走過來問她：「那是誰？」

「古芝高中的學長。」由里奈小聲回答。

「是喔，他的學長和他年紀相差真多。」

「好像是社團的學長，是物理研究會的社團。」

「物理？很像是他會參加的社團。」達夫說的話和由里奈剛才說的完全一樣。

伸吾和那個男人聊了二十分鐘之後站了起來，那個男人走出辦公室時，向由里奈他們微微欠身致意。

之後，由里奈走出工廠外，看到伸吾站在工廠大樓的後方，手上拿著那個男人帶給他的木盒便當，但他並沒有吃便當，似乎在沉思。他臉上的表情很陰鬱，也很痛苦，由里奈不敢叫他。

暑假很快就結束了，第二學期開始了。有一天，遠方的親戚來東京，一家人一起去餐廳吃飯，由里奈和父母晚上快十一點時才回到家。來到家門口時，發現有一個人影站在那裡，由里奈立刻認出了那個人是誰，忍不住輕輕叫了一聲。

「古芝，」達夫問：「有什麼事嗎？」

伸吾鞠了一躬說：「我是來還鑰匙的。」

「鑰匙？喔，你是說辦公室的鑰匙，我不是跟你說，我們今晚會外出，你可以把鑰匙帶回家嗎？」

「是，但我想你們可能已經回家了。」說完，他遞上了鑰匙。

「是嗎？謝謝。沒想到你留到這麼晚，小心別累壞身體。」

「我不知不覺太投入了，我的身體沒問題。我先走了，晚安。」

「晚安。」

伸吾瞥了由里奈一眼後，再度鞠了一躬才轉身離去。達夫看著他的背影，小聲嘀咕說：「真是太了不起了。他幾乎每天都會留下來，所以現在已經學會使用所有的機器了，大家都對他讚不絕口，說他是一級的手藝人。」

「太好了，可以用便宜的薪水，僱用一個手藝不輸給資深員工的人。」母親說。

「只有現在還可以說這種話，日後如果不給他加薪，他很快就會離開的，現在的年輕人都很無情。」

由里奈聽了達夫的話，內心有點無法平靜，因為她發現了古芝伸吾可能會突然消失。

一個月之後，她想去看看伸吾。聽父親說他仍然留在工廠內，正在鑽研金屬加工技術。

但由里奈並不是對伸吾到底在做什麼產生興趣，只是想和他單獨相處。她悄悄溜出家門走去工廠，中途去了便利商店買了熱茶和飯糰，打算帶給伸吾。來到公司後，發現伸吾並不在工廠。她感到很奇怪，在周圍看了一下，發現目前已經很少使用，當作倉庫使用的舊廠房亮著燈光，由里奈從門縫向裡面張望。

她看到身穿工作服的伸吾，但他既沒有在操作機械，也沒有在加工金屬，他的面前放了由里奈以前從來沒有見過的東西。

長條的金屬板、很粗的電纜，看起來很複雜的電機混亂地組合在一起。不，其中當然有一定的秩序，只是由里奈覺得混亂而已。

不一會兒，伸吾離開了這個奇妙的物體，戴上了安全眼鏡。由里奈知道，他即將開始做某種危險的事。

下一剎那——

隨著衝擊聲，奇妙的物體冒出了火花。那個聲音讓由里奈忍不住全身緊張，閃光讓她感到暈眩，手上的便利商店袋子也掉在了地上。

5

桌上還有很多料理，無限暢飲的酒也還沒喝完，但已經沒有人拿起筷子夾菜，也沒有人往空杯子裡倒酒。

「各位都吃飽喝足了嗎？馬上就到了碼頭了，請大家盡情地吃、盡情地喝，不要留下任何遺憾，否則太浪費了。」進公司三年，這次擔任幹事的員工對大家說。

「不，真的已經吃不下了。」前輩職員在榻榻米上伸直了雙腿說，他似乎喝了不少，臉都紅了，「被剛才的天婦羅打敗了，雖然很好吃，但沒想到份量這麼多。」

「沒錯沒錯。」旁邊的女性員工也表示同意。

「原本還希望快點減掉過年時發胖的份，這下反而又要變胖了，你們要怎麼賠償？」

哈哈哈。其他同事笑了起來。

「妳嘴上這麼說，但新年過後，妳們幾個女生不是整天約了去吃吃喝喝嗎？」

「那些都沒問題，因為我們挑過店家，只吃減肥料理，或是膠原蛋白火鍋，但今天都是高熱量的料理。」

「喂，幹事，她們這麼說，你不反擊一下嗎？」

擔任幹事的年輕職員抓了抓頭。

「真傷腦筋啊，我當初是根據料理的品質挑選了這裡。不過，沒關係，既然各位已經吃飽喝足，那就好好欣賞一下風景。各位，有沒有好好欣賞？很快就到了喔。」

在他的催促下，十八名員工同時看向窗外。

他們坐的屋形船行駛在隅田川上，今晚是公司的春酒，擔任幹事的年輕員工徵詢大家的意見之後，安排在屋形船上舉辦今年的春酒。

晚上八點啟航時，隅田川沿岸的夜景被各種霓虹燈和建築的燈光點綴得燦爛奪目，但在將近十一點的此刻，黑暗占了上風，剛好配合漸漸進入尾聲的宴會。

「希望今年是個好年。」課長看著窗外，深有感慨地說。

「很難說。」資深員工偏著頭說，「雖然首相在電視上說，今年一定要全力提升景氣。」

「他去年也這麼說，有點像是新年賀詞的味道，和說『新年快樂』差不多。」

「你的意思是，今年也會很慘澹嗎？」

「難道不是嗎？總之，我們不要抱太大的期待，自己好好努力就行了。」

課長他們的對話，也很有宴會接近尾聲的味道。

「課長，是否可以請你致詞總結一下？」幹事的年輕員工說。

「喔，是嗎？好吧。」

所有人都坐直了身體。

課長清了清嗓子，巡視所有人。

「呃，去年發生了很多事，但我們課總算完成了業績，也留下了不錯的成績。雖然不知道今年會是怎樣的一年，我們要齊心協力，克服——」

課長說到這裡，傳來一聲激烈的爆炸聲。聲音從駕駛室的方向傳來，隨即聽到嘈雜的聲音。

擔任幹事的員工不知道發生了什麼狀況，打算去察看一下。這時，屋形船的員工臉色大變地衝了進來，兩個人差點撞在一起。

擔任幹事的員工看向前方，倒吸了一口氣。駕駛室內煙霧彌漫。

6

走下車時，身體不由得抖了一下。三月三日的桃花節已過，但現在的氣溫和冬天差不多。

「喔喔，好冷啊，為什麼今年到現在還這麼冷？真懷念暖冬啊。」
「湯川老師聽到你這麼說，一定會罵你。」同行的內海薰在草薙面前提到了他朋友的名字，「因為他真的很擔心地球暖化的問題。」
「哼，地球暖化還不是他們那些科學家造成的？」
「他似乎也承認這一點，所以常說，科學家必須反省。」
「是喔，真難得啊。」
「前一陣子他還說，無論創造出多麼優秀的科學技術，如果使用的人很愚蠢，就會毀了這個世界，必須牢記這件事。」
「很像是他會說的話。」
他們要去的那棟公寓位在向島，公寓門口站了幾名警察，正在檢查出入人員的身分。住在那棟公寓的居民一定覺得很困擾。
「這棟公寓真老舊，原來沒有自動門禁系統。」草薙抬頭看著那棟房子，嘆著氣說。灰色的牆壁上有好幾條裂縫。
「看來似乎不能期待監視器。」內海薰說出了草薙正在想的事。
現場位在三樓的一個房間，目前已經完成了鑑識工作，草薙他們也走了進去，屍體已經搬離了現場。

「辛苦了。」早一步來到現場的後輩刑警岸谷鞠躬向他打招呼。

「這個房間真驚人啊。」草薙巡視室內後說。

這是一房一廳的格局，大部分空間都做為辦公室使用，牆邊放了鐵架，上面放了很多資料和書籍。工作桌上除了電腦以外，堆滿了書和資料，腳下也堆滿了同樣的東西，椅子的椅背上掛著灰色西裝和皺巴巴的白襯衫。

放在角落的餐桌勉強可以坐兩個人，上面放了一罐寶特瓶的烏龍茶和紙杯。

岸谷說，被害人長岡修是一名三十八歲的男子。

「他穿著運動衣和牛仔褲，皮夾還在，裡面有駕照。已經找到了他的名片夾，他似乎是自由撰稿人。」

「是誰發現屍體的？」

「他的女朋友。因為連續兩天都聯絡不到他，寄了電子郵件也沒有回覆，所以很擔心地跑來看看，發現他倒在地上。他女朋友是用備用鑰匙開門進來的。」

「是喔。」草薙看著用繩子擺出人形的地面，「那個女人現在呢？」

「她在醫院，因為太受打擊，所以也無法向她瞭解情況。」

「這也難怪，」草薙完全能夠理解，「幸好她還能報警。」

「聽說費了很大的工夫才撥通一一〇，而且一直在哭，連住址也說不清楚。」

「結果呢？」

「幸好她使用了市內電話，所以查到了住址。附近派出所的警察立刻趕到這裡，瞭解了情況。」

「原來是這樣。」草薙看向桌子旁，矮櫃上放了一台傳真機，可能因為工作的關係，需要使用市內電話。「死因呢？」

「目前研判是絞殺致死，有從背後遭到勒死的痕跡。」

「凶器呢？」

「目前還沒有發現，聽鑑識人員說，很可能是寬幅的布，像是領帶之類的。」

「兇手帶走了嗎？」

「應該是。」

「指紋呢？」

「目前發現了幾枚不是被害人的指紋，但有些地方有被布擦過的痕跡，像是桌子上就被擦過了。」

草薙皺著臉，鼻子上方擠成一團。看來無法根據指紋查到兇手。

「手機呢？有沒有智慧型手機或是平板電腦之類的？」

「目前都還沒有找到，八成是被兇手帶走了。」

「很有可能。」草薙點了點頭。既然皮夾沒有被偷，兇手很可能是被害人的熟人，他們可能曾經用電子郵件和電話聯絡，兇手當然想要消除聯絡的痕跡。

內海薰和年輕的鑑識人員在電腦前說著什麼，她手上拿著一片小型記憶卡。

「那是什麼？」草薙問。

「在電腦旁找到的，可以請鑑識人員確認裡面有什麼嗎？」

「那就試試。」

聽到草薙這麼說，年輕的鑑識人員從內海薰手上接過記憶卡，放進了電腦，用熟練的動作操作鍵盤。不一會兒，液晶螢幕上出現了奇妙的影像。

「這是什麼？」草薙忍不住小聲問道。

螢幕中的影像有點黑，拍到一棟像倉庫般的建築物，可以看到灰色的牆壁，但不見人影。

「日期是二月二十一日凌晨一點多……所以是半夜，地點在哪裡呢？」

「不知道。」草薙懶洋洋地回答內海薰的問題時，螢幕中心突然變成白色，飄出很多煙霧。

「怎麼回事？」草薙把臉湊到螢幕前。

煙霧越來越淡，可以隱約看到剛才那棟房子時，內海薰突然「啊！」地驚叫起來。

房子的牆上破了一個大洞。

由於明顯是他殺事件，所以在向島分局成立了特搜總部。雖然案發現場的房門鎖著，但室內並沒有找到鑰匙，很可能是兇手行凶之後，為了拖延屍體被發現的時間而鎖上了門。

死因是窒息，在四十到五十個小時之前死亡。從纖維的痕跡研判，凶器是領帶的可能性相當高。

「原來是在室內從背後絞殺，既然沒有明顯的打鬥痕跡，可能是兇手伺機突然攻擊，果然很可能是熟人所為。」草薙的上司間宮說完，抱起粗大的手臂。他打算在舉行偵查會議之前，找直屬下屬討論之後，決定大致的辦案方向，偵查會議將由間宮主持。

「預謀行凶的可能性呢？」草薙問。

「很難說。」

「我認為是衝動殺人。」

「喔？有什麼根據？」

「脫下的西裝和襯衫掛在椅背上，但找不到領帶。如果只是襯衫丟在那裡也就罷了，但既然西裝也沒有掛好，很難想像只把領帶收好。所以我認為是兇手在行凶之後帶走了，也就是說，兇手事先並沒有準備凶器。」

間宮打量著草薙的臉說：「你很敏銳嘛。」

「雖然我無法斷定。」

「不，我也同意你的看法。問題在於動機，既然是可以約到家裡談事情的熟人，到底在什麼情況下，會衝動殺人呢？」

「可能是說了什麼意想不到的事，比方說，遭到了威脅之類的。」

「你是說，被害人威脅兇手嗎？」

「我只是打個比方而已，」草薙說，「因為自由撰稿人的職業關係，可能有許多機會掌握別人的秘密。」

「有道理，所以首先必須查明他最近在追什麼新聞。」間宮想要拔鼻毛，但沒有拔到，痛得把臉皺成了一團。

「可以去向和他在工作上有來往的人瞭解情況，比方說，編輯或是記者之類的。另外，要把被害人留下的所有資料都帶回來，逐一進行調查。因為份量不少，所以可能需要不少人手幫忙。」

「這也是無可奈何的事，除此以外，還要去附近探訪，確認監視器，清查他的人際關係，差不多就這樣了？」

「是啊，目前沒有找到他的手機，根據收據發現，是智慧型手機，所以已經向電信公司要求GPS的定位資料，只不過兇手也不是傻瓜，恐怕無法抱太大的希望，但已經請電信公司提供發話紀錄。」

草薙說完後，內海薰在一旁問：「那個要怎麼處理？」

「哪個？」

「在被害人家裡找到的記憶卡，裡面有房子的牆壁突然破了一個洞的奇怪影像。」

「兩者有關係嗎？」草薙問。

「我覺得無法斷言沒有關係。」

「你們在說什麼？」

間宮問，草薙向他說明了情況。一臉嚴肅的上司想了十秒鐘之後說：「會議上不會提這件事，但交給你處理。」

「瞭解。」又來了，每次遇到麻煩事，就推給我判斷，草薙在回答的同時，內心忍不住抱怨。

不一會兒，管理官和分局長都到了，立刻舉行了第一次偵查會議。主持會議的間宮說明了事件的概況，不時聲明「這是我個人的看法」，表達了自己的想法，同時也提到既然被害人的西裝丟在椅背上，不可能只把領帶收好。草薙聽了，差點從椅子上掉下來。

7

從發現屍體的隔天早晨開始，正式開始偵辦這起事件。

內海薰奉命向被害人長岡修的女朋友瞭解情況。因為她已經出院，所以事先取得聯絡之後，前往她位在豐洲的公寓。一房一廳的公寓並不大，內海薰和她面對面坐在餐桌前。

長岡修的女友名叫渡邊清美，在美容整形外科的櫃檯工作，因為採訪而認識了長岡。她今天請假，沒有去診所上班。

「聽說妳聯絡不到長岡先生。」

內海薰問，渡邊清美一臉蒼白地點了點頭。

「我們約好一起吃飯，照理說，他應該會打電話給我，但我沒有接到他的電話，覺得有點奇怪，所以就打電話給他，沒想到電話打不通，即使傳訊息給他，也沒有回覆……之前從來不曾發生過這種情況，我就提前下班去他家察看。」

「妳幾點到他家？」

「下午四點……左右。」

警視廳的勤務指揮中心的紀錄顯示，在下午四點十三分接獲她報案。雖然她發現屍體後陷入了慌亂，但對當時的記憶很正確。

「我相信妳已經知道，我們認為這次的事件是他殺的可能性相當高，所以我想請教一下，妳是否知道相關的線索？長岡先生最近是否有陷入煩惱，或是在害怕什麼嗎？」

清美無力地搖頭。

「完全沒有，我還想問你們這個問題。」

「妳最後一次見到長岡先生是什麼時候？」

「上上個星期五，所以是，嗯……」

內海薰確認了記事本上的日曆說：「二月二十日吧？」

「啊，對，那天他來這裡。」

「他當時的情況有沒有和平時不一樣？」

「沒什麼特別的不同，只是因為那天我們沒有時間好好聊天，所以可能我沒有注意到。」

「這是怎麼回事？」

「那天晚上十一點左右，他突然打電話給我，問可不可以來我家。他說要去深夜採訪，在那之前剛好有一個空檔。我回答說沒問題，他很快就到了，然後他在十二點左右離開，所以我們在一起的時間不到一個小時。」

「這麼晚去採訪，妳有沒有問他採訪的內容？」

「我問了，他說是跟蹤。」

「跟蹤？」

「為了採訪到獨家新聞，他經常會守在藝人和名人出入的場所監視，那天晚上，他也帶了每天去跟監時帶的背包。」

「真辛苦啊，和我們刑警差不多。」

「是啊。」渡邊清美回答後，微微偏著頭說：「他當時說了有點奇怪的話。」

「什麼話？」

「好像是年輕真猛……啊，不對，可能是說年輕真可怕。」

內海薰在嘴裡小聲重複了這句話之後問清美：「請問妳覺得這句話是什麼意思？」

「不知道，當時我也問他，這句話是什麼意思，但他回答說沒什麼，我也就沒再追問。」

內海薰打開記事本，看著上面記錄的一行文字。「2月21日 01:14」，那是那段奇怪影片的日期。

從渡邊清美剛才說的話判斷，長岡修在二十日晚上來過這裡，之後就拍了那段影片。

「妳也沒有問他去哪裡嗎？」

「我沒問……」

內海薰拿出智慧型手機，「我想讓妳看一樣東西。」

「看什麼？」

內海薰操作了手機。那段牆壁破洞的影片已經存在手機上，她把液晶螢幕放在渡邊清美的面前，按了播放鍵。

「妳之前看過這段影片嗎？」

渡邊清美一臉困惑地搖了搖頭，「我第一次看到。」

「妳知道地點在哪裡嗎？是不是妳熟悉的地方？」

「我不知道，請問這是怎麼回事？」

「這是長岡先生家找到的影片，因為不知道是怎麼回事，我們也正在傷腦筋。二十日晚上，長岡先生離開這裡之後，拍了這段影片，請妳仔細回想一下，他真的什麼都沒提起嗎？」

「我沒聽說，我真的不知道。」渡邊清美帶著哭腔說道。

內海薰把智慧型手機放回了皮包。

「妳在二月二十日晚上最後一次見到長岡先生，之後有沒有用電話或是電子郵件聯絡。」

「應該沒有通電話，但用訊息聯絡了幾次。」

「請問都聊些什麼？只要說不涉及隱私的內容就好。」

「沒聊什麼……妳要不要看？」

「如果可以，那真是太好了。」

渡邊清美操作了手機，出示了長岡傳給她的訊息，和她傳給長岡的訊息。雖然沒什麼重要的內容，但內海薰發現長岡傳給清美的訊息中，經常提到「ＳＴ」這兩個英文字母。「我正在調查ＳＴ的案子」、「我回老家，順便調查ＳＴ」。

內海薰問渡邊清美，「ＳＴ是什麼？」

「喔，」渡邊清美點了點頭，「Super technopolis，超級科技城。妳不知道嗎？」

「超級科技城……好像曾經在哪裡聽說過，到底是什麼？」

渡邊清美聽了內海薰的回答，露出了落寞的笑容。

「他經常說，除了當地人，誰都不感興趣。在他告訴我之前，我也完全不知道。」

「對不起，我太孤陋寡聞了，請問是什麼？」

「要在光原町建造的設施。」

「光原町是……」

內海薰說了個關東北部的縣名，渡邊清美回答說：

「沒錯。我也不太瞭解詳細的情況，聽說將成為日本最新科學技術的中心，大學和研究設施都將集中在那裡。」

內海薰的腦海中浮現了模糊的記憶，她隱約聽人提過這件事。

「長岡先生在採訪相關新聞嗎？」

「沒錯，同時展開反對運動。」

「反對運動？」

「他是光原町的人，也因為這個原因，他才會開始採訪超級科技城的新聞，最後發現其中有不少問題，然後就投入了反對運動。」

「妳有沒有聽他提過，最近因為這件事有什麼變化？」

渡邊清美托腮思考著，最後還是無力地搖了搖頭。

「我想不起來，而且，他很少和我聊工作的事。」

「長岡先生因為工作的關係，有時候是否需要採訪一些危險的新聞？妳曾經聽過他提起這些事嗎？」

「沒有，也許有這種情況，只是他沒有告訴我。」她說話的語氣漸漸帶著焦慮，不是因為對內海薰的發問感到不耐煩，而是發現自己對男朋友並不瞭解，對自己感到生氣。

「那最後再請教妳一個問題，妳剛才提到背包的事，說長岡先生去採訪時，都會帶那個背包。請問妳知道背包裡裝了什麼嗎？比方說，記事本，或是數位相機之類的。」

「喔，」渡邊清美微微張著嘴，「有記事本，黑色封面，厚厚的一本。也有數位相機，我不記得是哪一個牌子。他還說，錄音筆也是必需品，至少有兩支，另外，他最近也會帶平板電腦出門。」

「平板電腦……」

記事本、數位相機、錄音筆、平板電腦——長岡修家裡的背包中，完全沒有這些東西。

8

草薙聽完內海薰的報告後，皺著眉頭說：「果然提到了超級科技城的計畫。」

「果然？什麼意思？」

草薙低頭看著手上的資料。

「超級科技城計畫，讓光原町成為研究最先進科學技術的研究所聚集的城市，除了建造研究人員居住的地方以外，還計畫建造運用科學技術的娛樂設施，聽說還有飯店，宣傳口號是『歡迎光臨科學城』，很土吧？」

內海薰露出苦笑，「文組的人光聽到這個計畫，就覺得反胃。」

「我也有同感，在調查被害人家中的資料和電腦後，發現了大量有關超級科學城計畫的資料，這似乎是他最近主要採訪的案子。」

「聽渡邊小姐說，光原町出生的長岡先生反對這項計畫。」

「好像是這樣，妳看看這份資料。」草薙把手上的資料遞給內海薰，「我把留在長岡先生電腦中的文稿列印出來了。」

「『關於ST計畫』……嗎？」內海薰把封面上的文字唸了出來。

「上面記錄了超級科技城計畫的詳細內容、建立這項計畫的來龍去脈，以及參與計畫立案的人、企業，和彼此之間的關係。看了這份文稿，就可以瞭解長岡先生的採訪工作很周全。」

長岡是自由撰稿人，和幾家週刊、雜誌簽了約，撰寫各種報導。之前幾乎都是受對方委託所寫的內容，看起來不像是他自己有興趣的新聞主題，但這次超級科技城計畫的相關調查，似乎是他主動進行採訪調查。正如內海薰所說，這和他是光原町出身這件事不無關係。

電腦中還有其他報告，長岡在這些報告中指出，超級科技城將耗費龐大的維持經費，到時候很可能會浪費納稅人的錢。同時，雖然計畫向全國招商，但目前仍然無法得知到底有多少研究機構願意進駐，無法瞭解是否能夠成為最先進的研究中心。最大的問題，就是超級科技城的建設將破壞環境，許多將建造設施的預定地，都是野生動植物保護區，很擔心一旦開始大興土木，將會大肆破壞生態。其中，預定在糸山地區建造的G棟，是專門研究高輻射性核廢料的玻璃固化體深地質處置相關技術的設施，萬一發生重大意外，將會導致核能外洩，被視為嚴重的問題。

「喂！」聽到間宮的叫聲，草薙和內海薰一起來到上司面前。

「被害人女朋友的情況怎麼樣？」間宮問。

內海薰總結報告了渡邊清美的情況，也許並沒有發現任何重要的線索，所以間宮愁眉不展。

「除了手機和平板電腦，在被害人的家裡也找不到記事本和錄音筆這些採訪工具，的確很令人在意。」草薙說，「可以認為是兇手帶走的，也就是說，裡面有什麼對兇手不利的內容。」

「很有可能。」間宮皺著眉頭，抱起雙臂後，抬頭看著草薙和內海薰。「剛才接到報告，被害人除了調查超級科技城計畫以外，還積極調查了大賀議員的私事。」

「大賀議員？是之前曾經擔任文部科學大臣的大賀仁策嗎？」內海薰有點困惑地問。

「沒錯，就是提出超級科技城計畫的人。」草薙說，「他的老家就在光原町。」

「原來是這樣。」

「聽說這是他擔任文部科學大臣時的誓願，要把沒有任何重要產業的偏鄉變成最尖端的科學技術中心。」草薙說完之後，將視線移回間宮身上，「有沒有發現什麼新線索？」

「他似乎詳細調查了大賀議員之間參與的公共事業，也去採訪了議員辦公室、後援會和關係企業，也許打算從中找出不法的證據，摧毀超級科技城的計畫。」

「真不愧是職業撰稿人，太富有行動力了，結果有沒有發現什麼？」

「這就不清楚了，我已經吩咐其他人深入調查，但目前並沒有發現任何重要的線索，只不過——」間宮拿起放在一旁的資料夾，「電腦中留下了奇怪的照片。」

「照片？」

「就是這些。」他從資料夾中抽出兩張照片放在桌上。

那是兩張從背後拍攝行進中車輛的照片，一張在街頭，另一張駛入某個停車場。

「除了這兩張以外，還有二十多張，都是拍攝同一輛車，而且都是從後方拍攝。從車牌查出是大賀議員的車子，從日期來看，最早的在將近兩年前，應該是跟蹤時拍攝的。」

草薙微微偏著頭問：「他試圖拍下收賄那一刻嗎？」

「怎麼可能？」間宮皺起眉頭，搖了搖手，「即使跟蹤議員，也不可能拍到這麼大的內幕，我猜想他在調查大員議員的私生活，試圖掌握他的醜聞。」

「緋聞之類的嗎？」

「很有可能，聽說那些政治人物在那方面的慾望也很強烈。」間宮把照片收回資料夾，「總之，要先去向當事人瞭解情況。」

「當事人？是大賀仁策嗎？」

「不要對議員直呼其名，除了他以外還有誰？別擔心，上面已經同意了。」

「那就好，但要派誰去呢？如果派基層的刑警上門，未免太失禮了。」

「那當然啊，至少也要副警部。」間宮指著草薙的鼻子說：「也就是你。」

「什麼？」

「不必擔心，我也會和你一起去。」

「真傷腦筋，我向來討厭政治人物……」草薙垂頭喪氣地說。

「呃，」內海薰開了口，「可以插一句話嗎？」

「什麼事？」間宮問。

「關於上次的影片，我有點在意。就是留在長岡先生家裡那張記憶卡中的影片，房子的牆壁突然破了一個大洞。」

「原來是那個，」間宮露出不耐煩的表情，「妳似乎很在意那段影片，怎麼了嗎？」

「影片顯示了拍攝的日期和時間，也就是今年二月二十一日凌晨一點多。」

「是這樣嗎？所以呢？」

「渡邊清美小姐在二十日晚上最後一次見到長岡先生，長岡先生說，在採訪之前有空檔，所以就去了她家。」

間宮露出一絲好奇的表情，「所以就在拍那段影片之前。」

「那天晚上的採訪，會不會就是拍那段影片？」

「也許吧，所以呢？」

「渡邊小姐說，長岡先生那天晚上對她說了很奇怪的話，說什麼年輕真可怕。」

「啊？」間宮撇著嘴角問，「什麼意思？」

「不知道，只是我很在意，長岡先生為什麼要拍那段影片。而且，那段影片到底是怎麼回事？」

間宮似乎不知道該怎麼回答，陷入了沉默。這時，其他偵查員走了進來，在間宮耳邊小聲說了什麼。

草薙用眼神向內海薰示意，打算轉身離開，但間宮叫住了他們。「等一下，要派你們去一個地方。」

9

一踏進那棟大樓，立刻聞到了熟悉的異味，那是藥品混合的味道。第一次來這裡時覺得無法適應，但習慣之後也就不會太在意了。不知道是否受到在這裡見面的對象的影響，如今反而覺得這種味道可以讓頭腦變清晰。

門上仍然掛著去向告示牌，要找的人把磁鐵放在「在室內」的地方。

草薙看著內海薰，揚了揚下巴，示意她敲門。她右手握拳，敲了兩次。

「請進。」室內傳來聲音。「打擾了。」內海薰打了招呼後，打開了門。

研究室的主人——湯川學背對著他們坐在桌前。草薙從後方接近，不經意地看向桌上，嚇了一大跳，因為那是一張看起來像是人體胸部的X光照。

「你什麼時候變成醫生了？」

「和正常細胞相比，癌細胞比較不耐熱，」湯川說了起來，「讓磁性奈米微粒子聚集在癌細胞上，用高頻磁場照射，就可以藉由感應電流產生的熱量燒死癌細胞。目前我正在和醫學院共同進行這項研究。」

「是喔，用物理方法治療癌症嗎？」

「所以，我現在忙得分身乏術。」湯川轉動椅子，面對他們兩個人，「接到電話時太驚訝了，我還以為你們再也不會來這裡了。」

「我們也不想來，這次是奉上面的指示，我們不可能違背上面的指示。」

「是喔，你的上司下達了什麼指示？」湯川起身走到流理台旁。他放了好幾個馬克杯，顯然打算和之前一樣，請他們喝即溶咖啡。

草薙在工作檯旁的椅子上坐了下來。

「你應該認識一個名叫長岡修的人吧？」

「長岡……」湯川正把咖啡粉倒進杯子，他的手停了下來。

「你應該見過他，兩個星期前，他也曾經打電話給你。」

「喔。」湯川緩緩點了點頭。

「原來是那個人，我想起來了，他的確姓長岡，他怎麼了嗎？」

「他被人殺了，兩天前發現了他的屍體。」

湯川的手再度停了下來，看著草薙問：「兇手呢？」

「目前還不知道，正在偵辦。」

湯川深呼吸後，把電熱水壺中的熱水倒進了杯子，「所以呢？你們該不會懷疑我？」

「怎麼可能？但有必要向你瞭解一下情況。」

湯川把兩個馬克杯放在工作檯上。

「我買了新的杯子，內海用黃色的，草薙用這個。」

「這個顏色真奇怪。」草薙拿起另一個杯子，那個杯子既不是紅色，也不是棕色。

「這種顏色名叫桑椹色，因為沒有人想用，我正在傷腦筋。」湯川走回流理台旁，拿起黑色的杯子問：「你們怎麼知道長岡先生曾經來找我？」

「手機的發話紀錄中有帝都大學的電話號碼，打電話的時間是二月二十三日，而且從他的名片架上發現了你的名片。」

「原來是這樣啊，問了之後，才發現原來這麼簡單。」湯川回到自己的座位後坐了下來。

「長岡先生來這裡嗎？」

「沒錯，他打電話給我，說有事想要請教。剛好我那天有空，所以就請他當天過來了。」

「他想要問你什麼事？」

「不可能有人來這裡問演藝圈或是運動界的事，當然是有關物理的現象。」

「具體是什麼問題？」

湯川咧嘴笑了起來，「即使告訴你，你也聽不懂吧。」

草薙火冒三丈，正打算反駁時，內海薰開了口。

「老師，該不會是這個？」說完，她把手機螢幕遞到湯川面前。

草薙也在一旁探頭張望，手機螢幕上顯示的就是之前那段牆壁破洞的影片。

湯川露出可怕的眼神問：「這段影片哪裡來的？」

「在長岡先生家裡發現的，儲存在記憶卡中。」

「是喔……」

「是不是長岡先生也讓你看了這段影片？」

湯川喝了一口咖啡，點了點頭。

「妳說的沒錯，他問我這到底是什麼現象。最近不時有人來問這些事，大家似乎認為我是離奇現象的專家。相信不用我特地說明，你們也很清楚，這都是你們造成的。」

「所以，最近不是盡可能避免把你捲入麻煩事嗎？」草薙不耐煩地說。

「希望不是『盡可能』而已，而是『絕對不要』。」

「老師，你是怎麼向他說明的？」內海薰把話題拉了回去。

「什麼也沒說，」湯川冷冷地搖了搖頭，「光靠這段影片根本無從說明，所以我也這麼告訴長岡先生。」

「長岡先生對這段影片有沒有說什麼？比方說是在哪裡、用什麼方式拍了這段影片？」

「不，他什麼都沒說，我也沒問這段影片是不是他拍的。」

「你只對他說，根本無從說明嗎？有沒有列舉幾種可能性？」

「什麼可能性？」

「比方說……鐳射光之類的。」

「鐳射？」戴著眼鏡的湯川瞪大了雙眼，「真是奇特的意見。」

「草薙先生曾經告訴我，之前曾經發生有人的腦袋突然燒起來的事件，當時你是使用了鐳射光識破的。」

「我都快忘了這件事，」湯川笑著看向草薙後，將視線重新移回內海薰身上，「很可惜，鐳射光無法像這樣打穿牆壁，最多只會讓照到的部分燒起來而已。」

「是這樣嗎？」

「我對長岡先生說，看起來像是利用爆炸的方式，把牆壁炸開一個洞，但因為沒有看到現場的情況，所以也無從說明。」

「長岡先生怎麼說？」

「他回答說，是這樣啊，然後就走了。就這樣而已。」湯川說完，轉頭看向草薙問：「還有其他問題嗎？」
「長岡先生之後有沒有再聯絡你？」草薙問。
「沒有，所以我連他的名字都忘了。」
「是嗎？」草薙一口氣喝完咖啡，放下杯子。
「既然目前還不知道誰是兇手，顯然不知道殺人動機。」湯川說。
「就是這麼一回事。」草薙起身時，突然想到一件事，「對了，你知道超級科學城的計畫嗎？」
湯川的眉毛抖了一下，「你是說光原町的？」
「你果然知道，」草薙回頭看著內海薰，「原來這在科學界很有名，我們果然生活在不同的世界。」
「超級科學城怎麼了嗎？」
「長岡先生反對那項計畫，為此四處採訪，只是目前還不知道和這起命案有沒有關係。」
「是喔，關於這件事……」湯川露出凝望遠方的眼神，草薙很少看到他露出這樣的表情。
「怎麼了？長岡先生曾經提到超級科學城嗎？」

「不，那倒沒有，他完全沒有提到。可以了嗎？如果沒有其他事，我想要繼續工作。」湯川開始收拾馬克杯。

「好吧，打擾了。」

草薙向內海薰使了眼色，走向門口。

10

鐵網的門上掛著「閒雜人等，禁止進入」的牌子，從小看到這種牌子，就反而更想進去看看，忍不住期待，不知道裡面到底有什麼有趣的事，但通常都會很失望，而且還經常被大人發現而挨罵。

但是，這裡不一樣，是他珍藏的秘密基地。他很慶幸能夠找到這個地方。

「阿悟，真的沒問題嗎？」美嘉在身後擔心地問。

「保證沒問題，這種時間，不會有任何人。」

阿悟推開了門。門鎖壞了，所以一下子就推開了。

他推著停在一旁的機車，走進圍欄內。美嘉也跟著他。

「好暗喔。」

「是不是很暗？所以我叫妳帶筆燈。」

「喔，對喔。」

美嘉從皮包裡拿出筆燈，打開之後，腳下立刻亮了起來。

左側是水泥牆，水位高漲時，可以發揮堤防的作用；右側是河流。

牆壁前放了一個紙箱，那個紙箱很大，不知道裡面是否裝了洗衣機。這個紙箱可以成為理想的標記。他把機車停在紙箱前，萬一筆燈不亮，即使在黑暗中，也很容易找到紙箱。

他從美嘉手上接過筆燈，照著前方走路。走到一半，他摟住了美嘉的肩膀，讓她靠向自己，「妳會不會冷？」

「不會，靠在一起很暖和。」

他停下腳步，關了筆燈。四周一片漆黑，但正因為黑暗，反而可以看到某些東西。「妳抬頭看天空。」

「啊？」美嘉叫了一聲，抬頭看向天空，「哇，好漂亮。」

星星點綴在夜空中。阿悟確認今晚是晴天，才決定帶美嘉來這裡。如果美嘉沒有感動，就會破壞原本的計畫。

「是不是很像寶石？」

「嗯……有點像。」

怎麼會是這種反應？阿悟有點失望，但也無可奈何，因為東京的天空就是這樣。

他把手伸進羽絨夾克的口袋，握住一個小盒子，緩緩拿了出來。今晚邀美嘉來這裡約會，就是為了這一刻。他整整花了一個晚上的時間思考求婚時要說的話，寫在紙上後，練習了好幾次，終於能夠倒背如流了。

「美嘉。」他叫著美嘉的名字，聲音有點沙啞。他慌忙吞著口水，發現自己口乾舌燥。

「幹嘛？」美嘉問，完全沒有察覺到即將有事發生，現在是大好機會。

「我認為，兩個人在相遇的那一刻，就決定了能不能幸福，關鍵在於遇到對的人。不過，這要靠運氣，只有神明能夠決定，所以，我現在很感謝——」

他還沒有把「神明」這兩個字說出口，就聽到遠處傳來動靜，有什麼發亮的東西掠過眼角。他感到驚訝的下一剎那，身後傳來「砰」的聲響，周圍同時亮了起來。

阿悟轉頭向後看，看到了難以置信的景象。

他的機車倒在地上，噴著火，在地上打轉。

11

靈堂設在沒落商店街後巷內，那是一棟灰色的房子，一踏進房子，立刻聞到淡淡的霉味。牆上的告示牌顯示靈堂在二樓，身穿喪服的內海薰走上樓梯，樓上傳來說話的聲音。

長岡修的父母決定在他老家光原町為他舉行守靈夜，內海薰第一次來到光原町，這裡一片田園景象，後方是一片山脈，是一個充滿綠意的城鎮。

但是，街道上到處有卡車和重型機器來來往往，和城鎮的背景格格不入。不用說，當然是因為超級科技城計畫的影響，已經有幾棟設施動工建造，車站前的看板上寫著「歡迎光臨科學城」。看到豐富的大自然受到文明的侵蝕，不由得感到痛心，簡直就像是被迫穿上一件完全不適合自己的衣服。然而，外人沒資格對這件事說三道四，每個地方城鎮都有各自的難處。

守靈夜的會場擠滿了人，大部分都是和長岡修年紀相仿的人，可能是他在這裡求學時的老同學。

其中也有幾名警視廳的偵查員，他們當然也穿著喪服。考慮到兇手可能混在弔唁的賓客中出現，所以特地來這裡監視。接待處附近的偵查員身上裝了隱藏式攝影機，拍下所有前來弔唁的賓客。

內海薰也混在弔唁的賓客中，走向上香的隊伍。她緩緩移動腳步，豎起耳朵細聽周圍人在聊些什麼，因為他們的談話中，很可能隱藏著和事件相關的重大線索。

當她站在隊伍的最後方時，聽到身旁的女人「啊！」地叫了一聲。內海薰轉頭一看，不由得瞪大了眼睛。渡邊清美站在那裡。

「上次很感謝妳。」內海薰小聲地向她打招呼。

「妳怎麼會來這裡？」

渡邊清美露出納悶的表情，內海薰把嘴巴湊到她的耳邊說：

「是為了偵查，因為我不想被其他人發現，可不可以請妳不要提我的職業？」

「喔，好啊。」渡邊清美滿臉緊張地點了點頭。

內海薰巡視她的周圍後問：「妳一個人？」

「對，因為沒有人可以陪我來……」

「是誰通知妳今天的事？」

「他的父母打電話給我，我之前曾經去過他家一次。」

長岡修當時應該是向父母介紹她是自己正在交往的女友，也許提到了結婚的事。想到渡邊清美未來的夢就這樣突然中斷，內海薰也感到心痛。

「渡邊小姐，」內海薰再度小聲對她說：「如果有人和妳說話，可不可以請妳說我是妳的朋友？這樣我做事也比較方便。」

渡邊清美露出困惑的表情後回答：「好。」

上完香後，內海薰經過長岡父母的面前走了出去，發現渡邊清美並沒有跟上來，轉頭一看，發現她正在和看起來像是長岡修母親的女人說話。兩個女人都淚眼汪汪。

隔壁房間準備了謝飯，內海薰和渡邊清美一起坐在角落的桌旁。

「幸好妳也來了。」渡邊清美說，「否則一個人坐在這裡，心情會很鬱悶。」

「謝謝妳這麼說。」

「請問，」渡邊清美巡視周圍後，戰戰兢兢地問，「偵查的情況怎麼樣？」

這種時候，都有制式的回答。「目前還在進行。」內海薰回答。

「有沒有什麼進展？」

「目前正在蒐集各種消息，所以我今天才會來這裡。」

「是喔。」渡邊清美不置可否地點了點頭，她應該很想瞭解詳細的情況，但不能向普通民眾公開偵查的情況。

「清美。」不知道哪裡傳來叫聲。

抬頭一看，一個身體結實的男人站在桌子對面。他皮膚曬得很黑，和平頭的髮型很相稱，年紀大約四十歲左右，他的身後站了一個矮小的男人。

「啊，」渡邊清美眨了眨眼睛，「你是勝田先生？」

「對，上次謝謝你們。」男人鞠了一躬。

渡邊清美似乎認識他。內海薰很想知道他們的關係，於是看著她的臉。

「這位是在這裡經營餐廳的老闆。」渡邊清美告訴內海薰，「之前來這裡見阿修的父母時，阿修曾經帶我去過他的店。」

「請多關照。」男人打了聲招呼後，向內海薰遞上名片。餐廳的名字叫「Botanian」，名片上印著「店長 勝田幹生」。

「我叫內海，」內海薰報上了姓名，「我是渡邊小姐的同事，今天陪她來這裡。不好意思，我沒帶名片。」

「沒關係。」勝田說完之後，露出嚴肅的表情看著渡邊清美說：

「這次的事，真是太令人遺憾了。我們也很驚訝，很受打擊，因為長岡是ＳＴ反對運動的急先鋒。」

渡邊清美默默地垂下眼睛後，看著內海薰說：

「勝田先生也參加了反對運動，阿修說，他算是領導人。」

「不算是什麼領導人啦。」勝田害羞地搖著手。

「餐廳的特色料理是蕈菇料理，使用的蕈菇都是勝田先生親自去山上採集的。我們上次也吃了，香氣十足，真的很好吃。」

「聽妳這麼說，我跑遍山上也值得了。」勝田說完，默默看向身後的男人，「我向兩位介紹，他叫米村，目前正在輔佐我。他的本業是經營書店，同時發行本地情報雜誌，也認識長岡先生。」

「請多指教。」那個男人遞上名片。內海薰探頭張望，發現他姓氏的漢字是「米村」。

「我和長岡先生經常交流各種資訊，這次的事，真是太令人難過了。既難過，又遺憾，更感到不甘心。」

渡邊清美默默地鞠了一躬，她似乎說不出話。

勝田和米村在內海薰她們對面坐了下來。

「目前還不知道誰是兇手嗎？」米村問渡邊清美。

「完全不知道。」她回答說，「雖然刑警來找我問了很多事，但我都答不上來……」她在說話時瞥了內海薰一眼。

「刑警也來找過我。」勝田說：「因為長岡的手機通話紀錄上有我的名字，我記得這個月初曾經接到他的電話，他說他有一陣子沒辦法回來，所以希望我告訴他目前的情況。我告訴他並沒有太大的變化，反對運動也有停滯的跡象，他很遺憾地說，原來是這樣啊。」

「他……阿修當時有沒有和之前不一樣的地方？」渡邊清美問。

勝田輕輕搖了搖頭。

「我並沒有發現，感覺和平時差不多。他說這個月又要開始新的工程，所以希望在那之前，舉行一次大規模的抗議活動，所以我也這麼告訴了刑警。」

內海薰在聽他說話時，在內心點著頭。她知道有偵查員找過勝田，正如他剛才所說，的確是因為長岡修的手機上留下了撥打給他的紀錄。偵查員在偵查會議上報告，勝田的證詞中沒有任何可疑的地方。

「不好意思，」內海薰說：「請問你們為什麼反對超級科技城計畫，對這裡的人來說，不是可以期待因此帶來的經濟效應嗎？」

勝田和身旁的米村互看了一眼後，對內海薰露出了落寞的笑容。

「理由很簡單，從各方面來說，都對本地絕對沒有好處。」

「是嗎？各方面是指？」

「首先是經濟效應的問題。以前，鄰町曾經建造了娛樂設施，只有最初熱鬧了一陣子，之後就門可羅雀，最後只剩下龐大的債務和無用的設施，卻失去了很多美麗的大自然，這裡必須避免這種情況發生。」

「促進派的人如何說明這個問題？」

「他們只會一再堅持不必擔心這個問題，」勝田撇著嘴說，「已經精密地模擬了收支的情況，判斷可以維持健全的經營——這種話根本稱不上是什麼說明，但那些人打算靠這番說詞打發我們。」

「除此之外呢？果然是因為環境問題嗎？」

「當然，超級科技城的預定地有很多是特別保護區，開發可能會導致失去很多野生動植物，而且不光是這樣——」勝田迅速觀察了周圍，低聲接著說道：「有一部分設施內會有輻射性物質。」

「你是指深地質處置研究所吧？」

勝田聽了內海薰的話，驚訝地瞪大了眼睛，「妳也知道？」

「我來這裡之前稍微調查了一下。」

「這樣說起來就簡單多了。預定在糸山地區建造的設施將研究高輻射性核廢料，要實際把核廢料帶進去，研究保管在地下時會發生什麼問題。難道妳不覺得很可怕嗎？只要稍有閃失，就可能會有大量輻射外洩。」

「但根據官網的說明，研究使用的玻璃固化體是很穩定的物質，即使破損，也不必擔心輻射外洩的問題。」

勝田一臉不耐地搖了搖頭。

「這叫做紙上談兵。福島的核電廠不是也聲稱絕對安全，結果變成那樣，誰知道會發生什麼事。剛才提到蕈菇，我採集蕈菇的地方，就在那個設施附近，一旦建造完成，我就無法安心為客人提供蕈菇了。雖然目前各地已經有不少工程開始動工，但我們已經建立了方針要抗爭到底，絕對不能讓他們在糸山地區建造深地質處置研究所。」

「目前有希望嗎？是否可以順利阻止這個計畫？」

勝田皺著眉頭，發出低吟。

「必須承認，目前無計可施，陷入了瓶頸。」

「是嗎？」

「去年在工程預定地附近發現了金鵰的巢穴，我們士氣大振，認為可以阻止工程繼續進行，和環保團體合作，反對工程的進行，沒想到縣政府仍然核發了許可證。我們雖然前往縣政府抗議，但對方說，環境省已經掛了保證，根本不理會我們。於是我們又去詢問環境省，卻沒有得到明確的答覆，這絕對是在背地裡談妥了。」

「在背地裡談妥……是指？」

「一定是那個傢伙發揮了作用，」米村在一旁咬牙切齒地說，「是大賀仁策，一定是他去向環境省打了招呼。每次都這樣，只要有他在，即使用正當的方式進攻，也往往無法順利，法律遇到他也會轉彎。」

「你們今後打算用什麼方法繼續抗爭？」

勝田用力嘆了一口氣回答說：「目前正在研擬方案。」

「長岡先生會不會掌握了有助於反對運動的新事證？所以才會導致這起事件發生？」

勝田聽了內海薰的問題，訝異地皺起眉頭。慘了，是不是說太多了？內海薰忍不住想。

「不好意思，我太好奇了。」內海薰縮了縮脖子。

勝田吐了一口氣說：

「來找我的刑警也問了相同的問題，但是，不可能有這種情況。如果長岡掌握了什麼事證，一定會在第一時間通知我。而且促進派那些人也不是野蠻人，不可能因為掌握了對他們不利的證據就動手殺人，對不對？」

勝田最後徵求了米村的同意，米村點頭回答說：「嗯，是啊。」這時，勝田懷裡傳來快節奏的音樂，仔細一聽，是〈津輕民謠小調〉的來電鈴聲。他慌忙接起電話，把電話放在耳邊，走了出去。

「聽你們剛才說的情況，你們似乎陷入了苦戰。」內海薰問米村。

米村露出悵然的表情點了點頭。

「最近反對運動的氣勢也越來越弱，老實說，現在大家已經不再團結一致了。當初反對這個計畫的理由各不相同，所以一旦遭到各個擊破，就會兵敗如山倒。前一天還大力反對的人，很可能在隔天就改變意見，八成是被對方拉攏了，應該也有人收了錢。」

「是喔。」

內海薰認為很有可能。

「而且，」米村又繼續說道，「我們總覺得走漏了消息。」

「消息？」

「差不多從前年開始，我們採取了新的作戰方案。我們調查了已經開始動工的工程，確認是否真的顧慮到環境問題，結果發現他們採伐了計畫地區以外的樹木。我們立刻聯絡了縣政府，之前還曾經發現他們非法丟棄產業廢棄物，這些都完全是違法行為，縣政府必須進行監督指導。我們認為只要持續進行這項工作，目前工程尚未開始進行的計畫部分，就有重新檢討的機會。」

「這種方法也許有效。」

「沒想到這種方法漸漸失效了，即使掌握了他們有違法行為的線索，準備去拍照蒐證時，對方完全消除了違法行為的痕跡。不止一次發生這種情況，我和勝田先生兩個人感到不解，搞不懂到底是怎麼回事。」米村說完，微微鬆開了黑色的領帶。

12

「我問了大賀，他說沒見過這個人，也從來沒聽過這個名字。」鵜飼和郎把長岡修的照片放在桌上，用淡漠的語氣說道。在他平板的臉上看不到任何表情，草薙覺得很難洞悉這個男人的情緒。

「如果可以，我們希望當面向議員請教。」間宮委婉地說。

「為什麼？不是只要確認是不是認識這個人而已嗎？我剛才讓大賀看了照片，他說不認識這個人，這樣不就好了嗎？還有什麼問題嗎？我認為你們已經完成了此行的目的。」鵜飼用那雙令人聯想到撲滿存錢筒細縫的小眼睛，輪流看向草薙和間宮。

雖然他說話的語氣很客氣，但顯然很不耐煩，而且根本沒把警察放在眼裡。

他們正在飯店宴會場旁的休息室，今天超級科技城計畫的相關人員要在這裡舉辦聯歡會，預祝計畫成功。打電話去大賀仁策的辦公室後，對方要求他們來這裡，沒想到來這裡之後，接待他們的是第一秘書鵜飼，無法見到大賀。

「議員的周圍最近有什麼變化嗎？」草薙問。

「什麼變化？」

「比方說……遭到跟蹤之類的。」

鵜飼微微張開了眼睛，不以為然地「哼」了一聲，他似乎在笑。

「被記者跟蹤是家常便飯，如果不被媒體追著跑，就無法成為了不起的人。」

「是否有什麼和之前不同的地方？任何事都無妨。」

「沒有。」鵜飼緩緩搖著頭。

「你為什麼可以斷言？我問的是大賀先生的情況，你掌握了大賀先生所有的行動嗎？」

「當然。」鵜飼不為所動地斷言，「從某種意義上來說，比他本人瞭解得更清楚。」

草薙無言以對，和間宮互看了一眼。鵜飼似乎認為這是結束的暗號，起身說：

「既然沒其他事，那我就先告辭了。」他行了一禮之後，匆匆走出了休息室。

「那傢伙是怎麼回事啊？」草薙咂著嘴說。

「這並不意外，而且也是無可奈何的事，因為我們手上並沒有掌握任何可以讓他們開口的王牌。」間宮說完，「嘿喲」一聲，站了起來。

離開休息室，走向電扶梯時，看到宴會廳的入口聚集了很多人，這場宴會似乎盛況空前。

草薙停下了腳步，因為他發現了一張熟面孔。

「怎麼了？」間宮問。

「請你先回去，我有公事要辦。」草薙指著那個人說。

間宮訝異地順著他手指的方向看去，立刻瞭解了狀況，點了點頭說：「好。」然後走向電扶梯。

那個人正走向接待處，似乎打算在簽到簿上簽名。「湯川。」草薙從背後叫了他一聲。

湯川學停下了腳步，轉頭看到草薙後，恍然大悟地點了點頭。

「既然你會來這裡，代表你們真的認為超級科技城計畫是事件的關鍵。」

「我不是說了嗎？目前還不知道，原本打算見一見計畫的發起人，沒想到最後只見到秘書而已。」

「發起人是大賀仁策嗎？你也終於要對付這種大人物了嗎？

「我不是說了嗎?根本沒見到他,而且,你為什麼會在這裡?」

湯川從西裝內側口袋拿出了信封。

「我們受到邀請,我代替教授來參加。」

「帝都大學也要參與超級科技城計畫嗎?」

「目前還沒決定,雖然沒有太大的興趣,但之前聽你說了之後,我想稍微瞭解一下。大賀仁策提出了『科學立國復活』的口號,我基本上贊成這種想法。」

「一聽就有問題,他只是想讓自己的老家富起來吧?雖然我還沒見過他,不應該說這種話。」

「那要不見一見?」

「見一見?什麼意思?」

湯川從剛才的信封中拿出邀請函說,「上面寫著可以帶一名同行者參加。」

「……也就是說,一切都取決於環境。第二次大戰之後,我們國家一無所有,如果想要什麼,就必須自己創造。無論電視、洗衣機還是車子,外國的產品都很昂貴,根本買不起,所以我們努力自行製造普通百姓也能夠買得起、物美價廉的產品,於是,日本成為了經濟大國。但是,現在什麼都不缺,也可以買到很多便宜的東西。

你們去問問現在的年輕人他們想要什麼，十之八九會說想要新手機或是偶像的簽名，在這種情況下，根本不可能有所創造，想要讓科學立國復活，根本是癡人說夢。所以，首先必須創造環境，必須創造一個讓人隨時思考自己目前需要什麼，到底該為了將來做什麼的環境。在一個隔離溫水世界的空間培育人才，那就是超級科學城。各位，你們臉上露出了終於聊到正題的表情。不好意思，開場白有點太長了，但如果不從頭說起，很難充分瞭解這個理念。當然，今天在各位面前說這些，有點像是在班門弄斧。」

大賀在台上誇誇其談。他一頭花白的頭髮向後梳，露出了大大的四方臉。他在學生時代打過棒球，所以肩膀很寬，外表看起來是一個很值得依靠的老大。他說話時稍微帶著口音，聽起來顯得更有魄力。

大賀之後，幾名議員也接著上台致詞，之後就是敘談時間。

「這些政治人物的確很會演說，我從頭聽到尾也不覺得無聊。」草薙手上拿著烏龍茶，對湯川說道。

「說得再天花亂墜，內容空洞就毫無意義，從他們的話中完全感受不到對未來明確的展望。很遺憾，今天白跑了一趟。」湯川臉上的表情很凝重，他也在喝烏龍茶，可能現在沒心情喝酒。

「話說回來，真是盛況空前，大賀仁策的召集能力不容小覷。」草薙巡視著周圍說道。

這裡至少有兩百多人，不時可以看到在電視上見過的熟面孔。聽說除了受邀參加的賓客以外，每個人要支付兩萬五千圓參加費。宴會廳內的餐點根本沒那個價值，而且採取這種站立式自助餐的方式，很可能是希望賓客趕快離開。

大賀逐一向受邀的賓客打招呼，簡短地聊幾句，最後必定會和對方握手。他的動作俐落得好像在完成流水作業。

鵜飼如影隨形地跟在大賀身旁。草薙正感到不妙，大賀已經走了過來，他的臉上掛著選舉用的笑容。

鵜飼也發現了草薙，在大賀耳邊小聲說了什麼。大賀停下腳步，露出嚴肅的表情，隨即恢復了笑容，向他們走來。

「工作辛苦了。不好意思，剛才無法接待你們。」大賀說完，轉頭看著鵜飼說：「接待處是怎麼回事？不是已經事先叮嚀，不能讓外人進來嗎？」

「我馬上去確認。」

「沒這個必要，他也是受邀的賓客。」湯川從懷裡拿出名片，「正確地說，是和受邀賓客一起來的。」

大賀接過他的名片，無聲地「喔」了一聲，「帝都大學理學院……是這樣啊，原來你就是湯川副教授。」

「你認識我嗎？」

「當然認識啊，我去了很多大學和研究機構，蒐集了很多年輕研究人員的消息。說到帝都大學，當然不能不提二宮老師。我不久之前才和二宮老師見面，當時他也提到了你的名字，說你很有才華，前途無量。」

「不敢當。」

「好好加油，希望你可以很快像二宮老師一樣。」

「謝謝，但我有一件事不太明白。」

「什麼事？」

「如果你說的是基本粒子論的二宮教授，他三年前去美國之後就從來沒有回國，請問你見到的是哪一位二宮老師？」湯川一派輕鬆地問道。

大賀的眼中露出冷漠的眼神，草薙覺得第一次看到他真正的表情。

「是嗎？那可能是我記錯了。」大賀再度堆起笑容，「你們慢慢玩，這裡的料理很不錯。」說完，他快步離去。鵜飼瞥了草薙和湯川一眼，跟著大賀離開了。

「他似乎無意和我們握手。」大賀大聲地和別人說著話，草薙注視著他的背影，小聲地對湯川說。

13

那個倉庫位在東京灣填海造陸地區，除了那棟倉庫以外，還有另外四棟相似的建築物，主要用來保管木材，由於倉庫老舊，所以現在已經不太使用了。

「當然我們並不是因為這樣，覺得不需要報警，只是因為並沒有影響到公司的業務，所以就一拖再拖，真的很抱歉。」

倉庫管理的負責人姓川上，他個子不高，是一個圓臉的中年人。

「所以你們是在上個月二十三日發現了破洞嗎？」內海薰問。

「對，先到公司的下屬發現了破洞，打電話給我。我嚇了一跳，因為倉庫再怎麼老舊，也難以想像會突然破一個洞。」

草薙拿出手機，抬頭看著倉庫。牆上有寬一公尺的四方形大洞，外牆的一塊護牆板消失了。

他操作手機，找到了那段影片。那是長岡修的記憶卡中的一段影片，他和現場進行比較，確認影片中的確是拍攝眼前這個倉庫的牆壁。

「應該沒錯。」

在離破洞一公尺左右的地方，畫了公司的標誌。在影片中難以發現，但鑑識課的人員在處理影片時發現了，所以才能根據這條線索，找到目前這家公司。立刻聯絡了管理該倉庫的公司，證實的確發生過這場意外，於是草薙他們來這裡向負責人瞭解情況。

「這道牆的厚度有多少？」草薙問。

「差不多一公分，使用了倉庫專用的外牆材，並不是那麼脆弱的建材，如果只是用石頭砸，根本不會破洞。」

「倉庫內部的情況怎麼樣？」

「只是破碎的外牆材掉落一地而已，我和下屬仔細調查過，沒有找到其他任何東西。警衛也說沒有發現任何異常，實在太不可思議了。」

內海薰轉頭看向大海的方向，草薙也跟著看向海面。海面上有一艘船，剛好駛過他們面前。這裡可以看到對岸的房子和停車場。

「會不會是從對岸開槍呢？」內海薰問。

「從對岸？距離有一公里吧？」

「應該不可能吧？」

「而且，如果是開槍，只會造成一個小洞，也會留下子彈的彈殼。」草薙回答後，看著川上問：「這一帶晚上的情況怎麼樣？倉庫在夜間也會開著嗎？」

「每天的情況不同，有時候也會有某個倉庫打開的情況，但通常都是關著，這種時候除了警衛以外，並沒有其他人。」

草薙出示了長岡修的照片向他確認。

「我沒看過這個人。」川上的回答並不讓人意外。

「除此以外，還有沒有其他狀況？」

「我們的倉庫嗎？」

「不是你們倉庫也沒問題，有沒有發生什麼奇妙的現象……比方說，不明原因的爆炸意外之類的。」

「爆炸喔……」川上抱著手臂，微微偏著頭。草薙看他的樣子，覺得似乎沒什麼希望，正打算放棄時，川上叫了一聲：「啊！」

「有了？」

「不，並不是爆炸，我記得曾經有屋形船燒了起來。」

「屋形船？在哪裡？」

「在隅田川上移動的時候。我不知道詳細的位置，我朋友在另一艘屋形船上工作，我聽他說有一艘屋形船突然燒了起來，幸好沒有人受傷。」

「這是什麼時候的事？」

「差不多有兩個月了。」川上偏著頭回答。

草薙道謝後離開了，坐進停在附近的車子時，對內海薰說：「妳去查一下屋形船的事，順便查一下還有沒有其他類似的意外。雖然不知道是否和命案有關，但現在只能死馬當活馬醫。」

「死馬當活馬醫……草薙先生，你難得這麼沒自信。」

「目前案情陷入膠著，當然會沒自信啊。」草薙繫好安全帶，用力靠在椅背上。

發現長岡修的屍體至今已經整整十天，偵查工作陷入了瓶頸。特搜總部原本以為從超級科技城計畫著手，應該可以找到某些線索，但事與願違。雖然促進派中有很多人對長岡不滿，一旦計畫中止，也有不少企業將承受巨大的損失，但根據目前調查的情況發現，長岡並沒有掌握任何有力的證據，甚至根本不知道他最近在採訪什麼。分析他的電腦後發現，有關超級科技城計畫的最新資料是去年秋天的，在發現屍體的五天前，他曾經打電話給反對運動的首領勝田幹生，但勝田說，他們在電話中並沒有聊什麼重要的事，長岡只是向他打聽當地的情況而已。

但是，長岡持續跟蹤大賀仁策，也留下了跟蹤的影像，他似乎在調查一些看似與超級科技城計畫無關的項目，想要瞭解大賀與這些項目有什麼關聯。最近似乎著手調查他的女性關係，曾經向其他撰稿人和關係密切的週刊記者打聽消息。也許他想藉由揭露大賀的醜聞，阻止大賀推動超級科技城計畫。

但是，如今幾乎不可能從大賀這條線偵辦命案，因為他說不認識長岡修，所以也無法指望可以從大賀那裡得到任何線索。

間宮這一陣子經常不在辦公室，八成是忙著去向高層解釋，即使偶爾露臉，也總是愁眉不展。間宮不在的時候，必須由草薙這個主任指揮其他偵查員辦案，問題是根本沒有任何線索，所以也無從指揮。

「找到了。」回到特搜總部，草薙正在整理偵查員報告的資料，內海薰跑了過來，「請你看一下這個。」

她把幾張照片放在草薙面前，分別是屋形船、破碎的窗戶玻璃，和燒焦的地板。

「正如川上先生說的，在隅田川上移動的屋形船的窗戶玻璃突然破裂，之後船內發生了火災。當初認為是惡劣的惡作劇，所以向警方報警處理。」

「但並不清楚原因。」

「根據玻璃破裂的方式，很可能是有什麼東西從外側飛進來，但在船上並沒有發現任何東西。」

草薙發出低吟，「這……也太奇怪了。」

「還有另一起事件。」內海薰又把另一張照片放在桌上，照片上是一輛焦黑的機車。

「這是什麼？」

「一個星期前的深夜，停在荒川沿岸工廠廠區內的機車突然燒了起來。機車主人是和工廠無關的年輕人，在約會結束後，明知道那裡禁止外人進入，仍然擅自闖入。」

「燒起來？我想瞭解更詳細的情況。」

內海薰拿出一疊釘在一起的資料。

「我問了轄區警局，發現機車油箱上有一個直徑三公分左右的洞，但消防和鑑識人員調查後，發現不像是遭到槍械射擊。」

「找不到彈殼嗎？是不是打穿了油箱？」

內海薰搖了搖頭。

「油箱上只有一個洞，也就是衝擊物打破油箱時留下的，但在調查油箱內之後，也沒有發現彈殼。考慮到萬一的可能性，子彈可能在油箱裡彈了幾次，最後又剛好從打破時的那個洞飛了出去，所以在現場附近找了很久，也沒有找到彈殼。」

草薙再度低吟後，在腦後抱著雙手，身體靠在椅背上。

「屋形船、倉庫，還有機車，甚至搞不懂這三起事件彼此有沒有關聯。」

「目前還無法斷言，但都是在海邊或是河邊發生的，這算是最大的共同點。」

「為什麼要選擇那些地方？」

「這……」內海薰停頓了一下，搖了搖頭，「不知道，但我覺得長岡先生會拍攝那段影片並不是毫無意義。」

「有道理。」草薙再度看著眼前的照片，「如果要搞清楚這些奇怪現象到底是怎麼回事，只能再去找那傢伙了，我猜他又會挖苦一番。」

「我認為應該多蒐集一點資料之後，再去找湯川老師，」內海薰說，「即使給他看這些照片，他應該也會說光看這些照片，無法瞭解任何事。」

「是啊。」

草薙皺著眉頭，抓了抓頭，間宮剛好從外面走進來。看到間宮眉頭深鎖，草薙就有不祥的預感，果然不出所料，間宮招手叫他過去。

「請問有什麼事？」草薙站在間宮面前問道。

「上面指示，關於被害人生前調查大賀議員私生活的事，差不多該收手了。」

「啊？這是什麼意思？」

「那些政治人物已經習慣別人針對一些不痛不癢的事調查他們，但遇到殺人事件，情況就不一樣了。偵查員去向專門採訪他的政治記者和後援會的人瞭解情況，會讓人以為大賀議員和這起事件有關，也有刑警以受邀賓客朋友的身分，混進之前在東京都內舉行的派對，這些行為有可能傷及政治家的名譽，之後要特別注意。」

「這是管理官的指示嗎？」間宮搖了搖頭。

「是理事官對我說的，但應該是更上面的指示。理事官也很不甘願地說，情況就是這樣。」

草薙咂著嘴，「議員有這麼了不起嗎？」

「因人而異，大賀議員是大人物，畢竟有可能成為未來的總理大臣。」

草薙聽了間宮的話，想要再度咂嘴時，後輩刑警岸谷走了過來，「可以打擾一下嗎？」

「什麼事？」間宮抬頭瞪著下屬。

「在可能和被害人有關的公司中，有一家位在足立區的小型工廠。那家工廠的其中一名員工，在一個星期前失蹤了。」

「小型工廠？和被害人有什麼關係？」

「不知道。手機的發話紀錄上，有那家公司的電話，兩個月前曾經打過電話。」

長岡修的智慧型手機很可能被兇手帶走了，目前認為手機上可能留下了對兇手不利的資料，於是就請手機公司協助提供了發話紀錄。岸谷負責查明發話紀錄上的人物、企業和團體與被害人之間的關係，確認是否可能和這起事件有關聯。

岸谷說，那家工廠是名叫「倉坂工機」的零件製造公司。

「在特搜總部剛成立時，我曾經去那家工廠瞭解情況，透過老闆向所有員工確認，但沒有任何人說認識被害人。被害人曾經在兩個月前打電話去那家公司，但也不知道是要找誰，所以，當時認為那通電話並沒有太大的意義……」

「那家公司的員工失蹤了嗎？」

「因為距離上一次瞭解情況已經超過一個星期，為了安全起見，我打電話去問了一下，之後有沒有什麼新的情況，結果老闆告訴我這件事。」

「會不會只是無故曠職？」

「那名員工一開始說身體不舒服，想要請假。連續請了兩天假，到了第三天，既沒有去公司上班，也沒有聯絡。公司的人打電話給他，手機不通了。其他同事去他公寓察看，他也不在家。不久之後，他就寄了一份傳真到公司，說因為個人因素決定離職，很抱歉給公司添了麻煩。」

「怎麼會這樣？這是怎麼回事？」

「不知道，倉坂工機的老闆也說完全搞不清楚狀況。」

「既然是一個星期前失蹤，不就是你去瞭解情況之後嗎？」

「沒錯。」

「那不是很可疑嗎？那個老闆是怎麼回事？為什麼沒有馬上通知我們？竟然等了一個星期也沒有主動告知，這是怎麼回事？」

雖然間宮板著臉問，但草薙聽在一旁，覺得間宮未免有點強人所難。

「他似乎完全沒想到和這起事件有關聯，這點我能夠理解。」岸谷說出了草薙的想法。「那名員工在一個星期前失蹤，但起初兩天請了病假，所以沒有任何人起疑。直到第四天，那名員工才寄了傳真，也就是說，得知那名員工失蹤才四天而已。」

不知道是否因為年輕刑警的反駁條理清晰，間宮的臉更不悅了。

「這種事不重要，那個失蹤的員工是怎樣的人？」

「我已經請他們把履歷表傳了過來。」

草薙在一旁探頭看著岸谷遞給間宮的資料。

履歷表的照片上是一個看起來很老實的年輕男人，名叫古芝伸吾，根據生日計算，目前才十九歲。高中畢業之後，似乎沒有考大學，就直接工作了。

草薙看到高中的名字，不禁有點驚訝。那是一所排名很前面的名校，自己的朋友中，也有人是那所學校畢業的，只是他一時想不起是誰。

家族欄特別值得一提。他父母雙亡，目前獨自生活。

「聽倉坂工機的老闆說，他在去年五月底看到徵人廣告後，去了那家公司。」

「五月？怎麼會在這麼半吊子的時期找工作？」間宮露出不滿的表情。

「他告訴老闆，他考大學失利，原本打算重考，但照顧他生活的姊姊生病死亡，他不得不自己工作。」

「除了父母雙亡，他姊姊也死了嗎？真是太可憐了。」

「老闆也很同情他，所以當場決定錄用他。在僱用他之後，發現他很優秀，學習能力很強，很快就獨當一面，老闆也很高興。」

「結果突然失蹤了嗎？」間宮縮起雙下巴，「但是，這次的事件應該和高中剛畢業的年輕人無關——你覺得呢？」間宮問草薙。

「我也有同感。但正如股長剛才所說，在這個時間點失蹤，還是不免令人在意。即使他本身無關，可能知道身邊的人和這起事件有關，為了避免遭到追究，所以就主動消失了。」

「的確有這種可能，但他無依無靠，要調查的話，只能從交友關係著手。」

「也可以同時調查一下他姊姊的情況，」草薙說：「這也是他去倉坂工機工作的原因。」

「好，那就調查一下他的交友關係，和已經去世的姊姊的經歷。」間宮拿出自己的記事本，在上面寫了起來。

「呃，」岸谷又開了口，「還有另一件令人在意的事。」

「什麼事？」草薙和間宮異口同聲地問。

「他說了謊。」岸谷說，「我問了他就讀的高中，發現他考大學並沒有失利。不僅沒有失利，而且還考上了一流大學。」

「一流大學？」間宮問道，「哪一所大學？」

「草薙先生很熟的大學。」岸谷對草薙露出意味深長的笑容，「是帝都大學。」

草薙瞪大了眼睛，「我們學校？」

「他考上了工學院機械工學系。因為都是理科系，也許湯川老師認識他。」

「很難說，他是理學院的——」說到這裡，他「啊！」了一聲。

「怎麼了？」間宮問道。

草薙指著履歷表說：「這所高中，是湯川的母校。」

14

草薙再度來到帝都大學理學院物理系第十三研究室。

湯川看著草薙放在工作檯上的三張照片，訝異地皺起眉頭問：「這是什麼？」

「上一次的補充資料，你不是說光看那段影片，根本無法瞭解任何事嗎？」草薙拿起其中一張照片。那張照片拍攝了牆上的破洞，「我們查到了那段影片的拍攝地點，是位在東京灣填海造陸地區的倉庫。聽倉庫管理的負責人說，內側只有牆壁的碎片，沒有發現任何可疑的東西。他們也察看了倉庫周圍，並沒有發現任何異狀。」

湯川移動了視線，「另外兩張呢？」

「都是這兩個月內發生的離奇事件的現場照片。」

其中一張照片上是焦黑的機車，另一張是玻璃窗碎裂的屋形船。草薙看著記事本，簡單說明了兩起事件的狀況。

「警察和消防隊詳細調查了兩起事件，但並沒有發現任何使用槍械類的痕跡，尤其是那輛機車，在調查油箱之後，發現只破了一個洞。也就是說，並沒有貫穿油箱，但裡面並沒有彈殼，不是很奇怪嗎？」

「的確很奇怪。」

「另外，還有這樣的照片。」草薙拿出新的照片，照片中只拍了油箱上的洞。

湯川接過這張照片時，露出嚴肅的眼神。

「破洞的大小大約三公分吧。」

「你說的對，正確地說，是三．四公分。」

「從這個洞的破損面來看，是由內向外彎曲，簡直就像是從內側打向外側。」

「太厲害了，好眼力。」

湯川聽了草薙的稱讚，有點意外地皺了皺眉頭。

「我真沒想到會在科學領域的問題上得到你的稱讚。」

「我只是感到佩服，負責鑑識這輛機車的人員推測，最初打破的洞可能更小，當然是外側的力量造成的，但是之後因為某種原因，油箱內的汽油溫度急速上升、膨脹，然後噴了出來，同時著了火，也把洞撐大了。事實上，機車車主目擊了現場的情況，他證實機車不僅燒了起來，而且噴出了驚人的火。」

湯川放下照片，在椅子上坐了下來。「原來是這樣。」

「如果只是用步槍或手槍射擊，不可能造成這樣的結果，而且會留下痕跡。目前還無法瞭解怎樣才能引發這種現象，湯川，可不可以請你幫忙想一想？這次真的一籌莫展。」

「這次真的一籌莫展？」湯川挑了一下眉毛，「所以說，之前並不是真的一籌莫展嗎？」

「我不是這個意思，是指這次比之前更加束手無策。啊，對了，這三起事件有另一個共同點，就是發生的地點都是在海邊或河邊，即使想要使用槍械，也沒有地方可以開槍。考慮到角度之類的問題，歹徒必須坐在船上，或是從距離遙遠的對岸射擊，但騎機車的那對情侶說，那天附近並沒有船隻，如果從對岸射擊，必須在相隔一公里的地方射擊。雖然這種狙擊的情況並非完全不可能，但必須是很大一支槍，而且更容易留下痕跡。」草薙在手上把玩著已經喝完咖啡的馬克杯說道，但湯川沒有回答。抬頭一看，他把手架在椅子扶手上，正在托腮沉思。

「湯川，」草薙叫了一聲，「你有沒有在聽我說話？」

湯川似乎這才回過神，眨了眨眼睛。

「當然有，我在思考有哪些可能性。」

「如果想到什麼，趕快告訴我。」

「沒有。」這位物理學家皺著眉頭，「光聽這些內容，無法表達任何意見。我相信你也知道，我向來不說沒有可靠證據的話。」

「搞什麼嘛，你又要裝腔作勢嗎？」

「沒這回事，我只是在說，可以提供思考的材料太少了，希望可以有其他角度的數據資料。」

「這未免太強人所難，誰知道下次什麼時候會再次發生這種奇怪現象。」

「那就等下次再發生時來找我，到時候，我會好好聽你說。」湯川看著手錶站了起來，「不好意思，我等一下還有課，要先走一步。」

「你不是說今天有時間嗎？」

「不好意思，我忘了。你可以慢慢坐，喝完咖啡之後，把杯子放在流理台就好，不必洗沒關係。」

「我也沒時間在這裡慢慢坐，」草薙也站了起來，「對了，你是統和高中畢業的吧？」

湯川正拿起桌上的幾本資料夾和書，聽了草薙的話，停下了手，「這有什麼問題嗎？」

「那所高中畢業的學生有可能和這次的事件有關，而且他去年考上了帝都大學，只不過才讀了一個多月就退學了。」

湯川面無表情，好像在問，那又怎麼樣？

「他似乎考進了機械工學系，名叫古芝伸吾……」

湯川聳了聳肩。

「即使你告訴我名字，我也不知道該說什麼。」

「我想也是，雖然是你高中的學弟，但年紀相差太多了。」草薙苦笑起來，「我只是隨口問問而已，因為這次的事件好像和你特別有緣。」

「什麼意思？」

「你不是因為那段影片，見過被害人嗎？而且，你是科學家，超級科技城計畫也和你有關係，現在又發現可疑人物是你高中的學弟，怎麼樣，你不覺得和你有緣嗎？」

「我才不想要這種緣分。」

「也許吧。算了，你忘了我說的話。」

兩個人走出研究室後，一左一右，分道揚鑣。

「大賀仁策的？真的嗎？」

草薙一回到特搜總部，立刻聽到間宮大聲說話的聲音。抬頭一看，他正在打電話。

「……嗯……嗯。我知道了，那妳再詳細調查一下這件事……好，那就拜託了。」間宮掛上電話後，轉頭看向草薙說：「是內海打來的。」

「有沒有掌握什麼新線索？我剛才聽你提到大賀議員的名字。」

「目前掌握了古芝伸吾姊姊生前任職的單位，古芝伸吾之前住的公寓是由他姊姊幫他簽了約，合約上寫了她的任職單位是『明生新聞』。」

「是報社嗎？然後呢？」

「我立刻派內海去瞭解情況，她剛才打電話回來，說古芝伸吾的姊姊是政治部的記者，而且專跑大賀仁策的新聞。」

草薙猛然挺直了背，「真的嗎？」

「被害人在追大賀議員，之前跑大賀議員新聞的記者的弟弟，又在案發之後下落不明，事情越來越有意思了。」間宮舔了舔嘴唇後，看著草薙說：「你去帝都大學有沒有什麼收穫？看你的表情，似乎並不值得期待。」

「果然明察秋毫，我去了古芝伸吾曾經就讀的機械工學系，向學生和老師瞭解了情況，但並沒有打聽到任何有用的線索。因為他入學才一個月就退學了，根本沒有可以稱為朋友的人，甚至幾乎沒有人記得他。教授、副教授和講師也一樣，而且，他也沒有參加社團，不妨認為古芝伸吾在帝都大學並沒有留下任何痕跡。」

「好不容易考上一所好大學，還沒有好好享受學生生活就退學了，真是太可憐了，但真的沒有其他線索了嗎？比方說，他休學的原因呢？」

「這件事的確很奇怪。古芝有獎學金，照理說，可以邊打工邊讀大學，但是我向學生課確認之後，發現他並沒有試著用這種方法。」

間宮撇著嘴角，「嗯」地沉吟了一聲。

「難道有什麼非休學不可的原因嗎？果真如此的話，有哪些原因呢？」

「不知道。」草薙偏著頭，「除了經濟因素之外，我想不到任何原因。」

「是啊。」間宮也一臉愁容。「對了，你為那件事去找了伽利略老師嗎？」

「去找過他了，但他說材料太少，無法發表任何意見，就連湯川也對這次的事件束手無策了。」

「如果連那位老師也放棄，那就真的沒辦法了。」間宮用力抓著臉頰。

大約一個小時後，內海薰回來了。她在向間宮報告時，草薙也在一旁。

「她的名字是秋天的秋，還有稻穗的穗，名叫古芝秋穗，年齡比古芝伸吾大九歲。如果仍然在世的話，今年二十八歲。進報社之後，立刻被分到政治部，在大賀被任命為文部科學大臣時，她負責採訪大賀的新聞。她的身體並沒有特別虛弱，去年四月突然死亡時，報社的所有人都很驚訝。」

「死因是什麼？病名呢？」間宮問。

「根據家屬的說法，是心臟麻痺，但真相如何就不得而知了。報社也沒有特別確認這件事，而且也沒有舉辦守靈夜和葬禮。」

「她的家屬就是弟弟伸吾吧？他從此無依無靠，根本無暇舉行守靈夜和葬禮，這件事可以理解……」間宮露出難以釋懷的表情，「但還是覺得二十多歲的女人因為心臟麻痺突然死亡這件事，有哪裡不太對勁。」

「目前已經掌握了死亡的時間，要不要去查一下當時救護車出勤的紀錄？如果是心臟麻痺，發現的人應該會叫救護車。」

「就這麼辦，另外，也去監察醫務院查一下。如果在醫院以外的地方猝死，法醫可能會趕去現場。」

「好的。」

「她和這次的被害人有什麼交集？他們認識嗎？」

內海薰皺著眉頭，搖了搖頭。

「很遺憾，目前還無法確認。並沒有人在古芝秋穗小姐生前，從她口中聽過這個名字，但是根據目前跑大賀議員的記者說，長岡先生曾經和他接觸，所以和秋穗小姐之間可能也有這種程度的交集。」

「長岡先生怎麼和目前跑大賀新聞的記者接觸？」

「長岡先生曾經向他打聽大賀議員最近常去哪一家酒店，有沒有中意的女人之類的問題。」

「又是這些事嗎？」間宮露出不愉快的表情，「被害人果然在揭露大賀議員的私生活上下了不少工夫，他媽的！上面才剛指示，叫我們不要去碰這件事。」

「超級科技城計畫已經有幾項設施開始動工了，」草薙說，「事到如今，不可能推翻這個計畫。他可能希望藉由揭露促進派首腦的緋聞，讓計畫延遲進行，或是縮小規模。」

「很有可能。」間宮點了點頭，向內海薰揚了揚下巴，「她弟弟呢？有沒有查到古芝伸吾的什麼情況？」

「這方面幾乎完全沒有……只知道古芝秋穗小姐發自內心為弟弟考進帝都大學感到高興。」

「知道了，辛苦妳了。」間宮抬頭看著草薙，「接下來要怎麼辦？」

「應該調查一下古芝伸吾的情況吧。」草薙說。

「這我當然知道，但問題要由誰去調查？必須顧及課長和理事官的面子，所以牽涉到大賀議員的偵查工作，人數越少越好。」
「那我來調查，明天會先去倉坂工機。」
「很好，我會和管理官討論，希望可以搜索古芝伸吾的住處。」
「明白了。」
偵查工作終於動了起來——草薙目送間宮的背影想道。

15

倉坂工機位在足立區梅島。這家小型工廠牆壁上的油漆幾乎已經剝落，只能勉強看出原本是綠色。工廠旁有一棟兩層樓的房子，那是辦公室，寫著「金屬加工品製造販賣　倉坂工機」的招牌特別新。

草薙在辦公室的會客區見到了老闆倉坂達夫。倉坂個子不高，但胸膛很厚實，一看就知道實務經驗很豐富。

「他是個很優秀的年輕人，為人老實，做事也很認真，最重要的是，他很聰明，任何事一學就會。不光是這樣，他還懂得舉一反三，在電力和機械方面的知識也很豐富。他這麼聰明，不讀大學太可惜了，所以我曾經好幾次勸他去讀夜間部，他似乎沒有這個意願。」倉坂說的這些話，並不像在誇大其辭。

「聽說他是看了徵人廣告之後來應徵。」

「是啊。這裡的師父逐漸高齡化，我覺得這樣下去不行，所以就開始招募新人。四月的時候，有一個高中畢業的年輕人來這裡，但可能工作比他想像中更辛苦，所以很快就辭職了。我覺得很傷腦筋，於是再度徵人。古芝上門應徵，他沉默寡言，起初不知道他在想什麼，但我剛才也說了，在教他技術之後，發現他是一級品，覺得這次挖到了寶，大家都很高興……」倉坂抓著有點稀疏的頭髮說：「他到底發生了什麼事？希望不會被捲入什麼壞事。」

「請問你知道他可能去哪裡嗎？」

「不知道。如果知道，早就去打聽了。」

「他第一次打電話到公司說要請假時，的確是他本人嗎？」

「應該是——喂，朋妹妹，沒錯吧？」倉坂問在旁邊的辦公桌上辦公的一個胖女人。朋妹妹似乎是她的暱稱，但無論怎麼看，都已經四十五、六歲了。

那個女人似乎聽到了他們剛才的談話，立刻回答說：「應該是古芝的聲音。」

「他說自己生病了嗎？」草薙問。

「對，他說他身體不舒服，想要請假。隔天也打了電話，說今天也想請假。我問他還好嗎?他說他沒事，不好意思，讓我擔心了，然後就掛了電話。」

「之後呢?」

「之後就沒再打電話來。」

草薙將視線移回倉坂身上，「但他第三天也沒來上班。」

「沒錯。打他的手機也打不通，我覺得很奇怪，派人去他的公寓看看，結果發現他不在家。我正在納悶，到底出了什麼事，就接到了他的傳真。」倉坂把摺起的紙遞給草薙，「就是這份傳真。」

「借我看一下。」草薙說完，打開那張紙，上面用筆寫著「因為個人因素，所以想要離職。很抱歉，給公司添麻煩了。謝謝這段時間以來的照顧。古芝伸吾」。

「這的確是他的筆跡嗎?」

「應該沒錯，負責指導古芝的員工這麼說。」

草薙點了點頭。根據目前瞭解的情況，他應該是故意失蹤。

草薙從上衣內側口袋裡拿出一張照片，那是長岡修的照片，他把照片放在倉坂面前。

「姓岸谷的刑警應該已經給各位看過這張照片，請問你記得當時的情況嗎?」

「我記得，聽說他曾經打電話到我們公司。」

「沒錯。」

「但是，當時我向所有員工確認，沒有人認識他。」

「你也問了古芝嗎？」

「問了……」

「當時，古芝的表情有沒有什麼變化？有沒有緊張，或是陷入沉思的樣子？」

倉坂露出困惑的表情眨了好幾次眼睛。

「應該沒有什麼特別的變化。請問你為什麼這麼問？難道你認為他說謊嗎？」

「不，我並沒有這麼認定。」

草薙露出迎合的笑容搖了搖手。

「刑警先生，」倉坂一臉嚴肅地看著他，「我不知道你們在調查什麼案子，但古芝不可能做壞事。如果被捲入什麼案子，他不可能是加害人，絕對是被害人，這點我可以保證。」

草薙被他激動的語氣震懾，小聲地說：「我會記住。」

老闆倉坂親自帶他參觀了工廠，工廠門口停了一輛堆高機。

「古芝也會開堆高機嗎？」草薙隨口問道。

「會啊，他進公司之後，立刻去考了普通駕照，之後又去參加堆高機駕訓班，五天就考到了。」

「所以，他有駕照。」

「對啊，去年秋天還買了車子。」

「買車？什麼車？」

「二手廂型車，他說會和朋友一起去露營，那種車子比較適合。偶爾會看到他把那輛白色廂型車停在公司的停車場。」

目前還沒有掌握這輛車。如果古芝伸吾開那輛車活動，或許可以成為線索。

「他的朋友是哪些人？公司的同事嗎？」

「不是不是。」倉坂搖著手，「我剛才就說了，當初是因為這裡的員工高齡化，所以才招募年輕人。這裡並沒有和古芝一起玩的年輕人，可能是他高中同學吧？」

草薙點了點頭，覺得應該找時間去他的高中打聽一下。不知道為什麼，腦海中浮現了湯川的臉。

工廠內有很多機器，有十名左右的員工在機器前工作，草薙發現每個人負責不同的工作。

「我們大部分都是單品加工，幾乎都是生產線使用的零件或夾具。」

「夾具？」

「在加工零件和產品時，不是需要固定嗎？夾具就是固定時專用的基台，或者說是工具，反正就是這種東西。」

倉坂拿起一旁的圖紙給草薙，上面寫著「夾具」兩個字。倉坂說，那只是音譯的字，來自英語的「jig」。

草薙發現自己對科學技術和製造業一無所知。

「古芝主要做哪些工作？」草薙大聲地問。

「他什麼都做，因為他的手很靈巧，研磨技術也是一教就會。他做事很用心，下班之後，也獨自留下來練習機器的操作，我很希望他早日獨當一面，所以也同意他這麼做。我家就在五百公尺外，他差不多會在快十一點的時候，把鑰匙送來我家。我問他練習到這麼晚嗎？他說因為太投入，所以忘了時間。」

聽倉坂的介紹，發現古芝伸吾很熱愛工作。難道他是因為想趕快工作，所以才休學嗎？

他們走出工廠時，剛才那個叫朋妹妹的女人跑了過來。

「老闆，有電話找你。」

「喔，是嗎？刑警先生，那我先去忙了。」

「謝謝你。」草薙向他鞠躬道謝。

目送倉坂走向辦公室，草薙也邁開了步伐。

「那個……」這時，一個怯生生的聲音叫住了他，朋妹妹正抬眼看著他。

「有什麼事嗎？」草薙問。

「剛才照片上的那個人，就是差不多兩個月前，打電話來公司的那個人吧？」她問的是長岡修。

「沒錯，因為通話紀錄上留下了紀錄。請問怎麼了嗎？」

「這件事，我沒有告訴之前的刑警先生……」她露出尷尬的表情說道：「應該是我接了那通電話。」

「妳想起什麼了嗎？」

「不是，我並沒有記住對方的名字，所以上次刑警先生上門時，我只能回答說不知道。但既然和古芝有關，我猜想也許就是當時那通電話……」

「妳的意思是？」

「因為對方打聽古芝的事，問我們公司是否有名叫古芝伸吾的人。是一個男人的聲音。我回答說，有這個人。」

草薙向前一步，「對方怎麼說？」

「他向我道謝後說，他只是確認一下，要我不必擔心，然後就掛了電話。我記得他沒有報上自己的名字。雖然我有點納悶，不知道是怎麼回事，但既然對方叫我不必擔心，我就沒再多想。」

「妳有沒有把這通電話的事告訴古芝本人？」

「沒有，因為我覺得可能無關緊要。我應該告訴他嗎？」

「不，我也不知道……」

如果那通電話是長岡修打的，他打電話的目的是什麼？他確認古芝伸吾在這家公司之後，想要採取什麼行動嗎？

「還有另一件事，」朋妹妹說：「不久之前，又接到另一通電話。」

「不久之前？」

「我記得是古芝曠職的第二天，對方問我，古芝在嗎？我回答說，他沒來上班，對方回答說，是喔。然後就掛了電話，我還來不及問對方的名字。」

「是男人的聲音嗎？」

「對，應該是成年男人。」

「電話的來電顯示有留下當時的號碼嗎？」

「那是從公用電話打來的。我當時還在想，下次再接到那個人的電話，至少要問一下對方的名字，但之後就沒再打來。」

「公用電話喔……」

現在很少有人使用公用電話。對方是否不想留下自己的手機號碼，但考慮到如果不顯示電話號碼，可能會拒接，所以才使用公用電話？

草薙陷入了沉思，突然聽到朋妹妹叫了一聲：「啊，由里奈。」然後對著大門的方向揮了揮手。抬頭一看，一個身穿米色大衣的年輕女生剛好經過工廠前。她邊走邊看向這裡，鞠了一躬，一雙大眼睛令人印象深刻。

「她是老闆的千金，名叫由里奈。她很乖巧，也很善良。」中年女子朋妹妹開心地說完後，突然想起了什麼似地小聲說：「對了，由里奈經常來找古芝。」

草薙當然不可能錯過這句話。「通常是什麼時候？」

「像是午休時間，會來問古芝高中的數學或是理化的功課，古芝好像很會教，但我猜想並不是只有這樣而已，大家都說由里奈應該喜歡古芝。啊，這件事你不要告訴老闆。」朋妹妹把食指放在嘴唇上，說了聲：「那我先去忙了。」轉身走向辦公室。

草薙不等她走進辦公室，立刻跑了起來。衝出大門後，看到倉坂的女兒在數十公尺外，立刻追了上去。

環七大道上有一家家庭餐廳。草薙問倉坂由里奈想喝什麼，她回答說：「隨便。」於是點了自助飲料吧，但她似乎無意自己去拿飲料，草薙只好拿了咖啡，放在她面前。雖然她小聲道謝，但一直低著頭，沒有伸手拿杯子。

草薙認為她並不是不高興，而是感到緊張。這也難怪，在回家路上突然被不認識的男人叫住，而且是刑警。她願意一起來這家餐廳，就應該偷笑了。

「因為某些因素，我們正在找古芝伸吾的下落。倉坂老闆……妳爸爸也很擔心，妳應該也很擔心吧？」

倉坂由里奈嘀咕了什麼，但聲音太小，草薙沒聽到。「啊？」草薙又問了一次。

她輕輕清了清嗓子後說：「我和他沒那麼熟。」

「但他不是教妳功課嗎？」

「這……只有一、兩次而已。」

「聽辦公室的人說，好像不是這樣。」

「是真的，他們誤會了。」倉坂由里奈低著頭，用強烈的語氣說。

「是這樣嗎？既然妳說是這樣，就當作是這樣。妳知道他的下落嗎？他在教妳功課的空檔，應該會閒聊吧？古芝有沒有向妳提到其他地方，像是以前曾經住過的地方，或是以後想去的地方之類的。」

倉坂由里奈的劉海搖晃了一下，「我們沒有聊這些。」

「那有沒有聊到朋友呢？像是和他關係很好的人。」

「沒有。」她突然站了起來，「我真的什麼都不知道，所以也沒辦法回答你，對不起。」她一口氣說完，抱著書包衝出店外。她從頭到尾都沒有脫下大衣，也沒有看草薙的臉。

周圍的客人看了過來，草薙喝著咖啡。

他不知道該如何判斷剛才的反應。一個陌生的男人追根究柢地打聽自己喜歡的男生，她一定覺得不開心，所以也算是很正常的反應——他正在思考這些事，手機響了。是間宮打來的。

「喂？」他接起了電話。

「有沒有查到古芝的什麼情況？」

「這個嘛……已經充分瞭解他是一名優秀的員工。」

「這算什麼線索？」

「另外，已經查明長岡先生的目的應該是找古芝伸吾。」草薙報告了從朋妹妹那裡聽到的情況。

「所以，被害人很可能曾經和古芝伸吾接觸過。」

「就是這麼一回事。」

「好，瞭解了。你現在和內海會合，已經查到了古芝秋穗的死因。」

「是什麼？」

「應該出乎你的意料。死因是輸卵管破裂造成休克死亡，古芝秋穗懷孕了，而且是子宮外孕。」

「這……的確出乎意料。」

「那再說另一件出乎你意料的事，是關於死亡地點。」

「地點？在哪裡？」

間宮故弄玄虛地停頓了一下後回答說：「東京都內的飯店，據說是死在一流飯店的蜜月套房。」

16

那家飯店位在六本木。

草薙和內海薰在大廳會合後，決定去辦公室向熟悉當時狀況的兩名飯店員工瞭解情況，他們分別是為古芝秋穗辦理入住手續的櫃檯人員和發現屍體的門僮。

櫃檯人員吉岡感覺很穩重，據他所說，古芝秋穗是在去年四月二十日晚上十一點過後，來飯店辦理入住手續。她訂了一晚要價十萬圓的蜜月套房，用十三萬圓現金支付了訂金。當時只有她一個人。

「她是以真名入住嗎？」草薙問。

吉岡輕輕搖了搖頭，拿出一張影印紙，那是住宿卡影本。「她當時用了這個名字。」

上面寫著「山本春子」這個名字，和千代田區的住址。古芝秋穗不曾住在千代田區，「明生新聞」的總社位在千代田區，她應該是稍微更動了報社的住址。

「那天是她第一次來住這家飯店嗎？」

吉岡對這個問題並沒有做出肯定的回答。

「這個名字是第一次使用，因為資料庫中沒有資料，但她之前也曾經入住，當時也剛好由我為她辦理入住手續，所以記得她。除了我以外，也有幾個人說曾經看過她。」

他們因為職業的關係，很擅長記住客人的長相。

「所以說，古芝秋穗小姐經常來這家飯店嗎？只是每次都用不同的名字。」

「我們認為是這樣。」

草薙點了點頭，他漸漸瞭解了狀況。

「她在辦理入住手續時，有沒有什麼異狀？」

「關於這件事，」吉岡微微皺著眉頭，「她看起來好像有點不舒服，她的氣色很差，我記得當時還關心她的身體，但她說沒事。也許她的身體當時已經出了問題。」

草薙點了點頭，將視線移向門僮。門僮的年紀大約二十出頭，他自我介紹說，他姓松下。

「你是幾點去客房？」

「隔天下午一點左右。退房時間是正午，但櫃檯說，打電話去客房也沒人接，所以叫我去看看……」

「結果你去一看，發現了屍體？」

松下一臉緊張地點了點頭。

「她躺在床上，床罩都被鮮血染紅了，所以我慌忙聯絡了櫃檯。」

他應該嚇壞了。草薙很同情這個年輕的門僮。

「當時，我在電話中說，客人被殺了。我以為是中了刀子，結果警車也來了，造成一片混亂……後來被上司狠狠罵了一頓。」松下滿臉歉意地聳了聳肩。

這也難怪，草薙心想。有不少經驗不足的刑警看到大量的血，也無法保持冷靜。

草薙看了內海薰提供的資料，所以大致瞭解之後的情況。急救員確認古芝秋穗已經死亡，所以屍體沒有送去醫院，而是送去轄區警局，但法醫判斷既非他殺，也不是自殺，而是輸卵管破裂導致出血過量，休克死亡，認為並非刑案。

「我認為通常很少有女人單獨入住這種房間，不知道你們對這一點有什麼看法。」草薙輪流看著吉岡和松下問道。

「沒錯。」吉岡回答，「我猜想應該和其他人有約，只是我們只能這樣回答，關於這個問題，無法表達任何意見。這並不是隱瞞，而是飯店就是這樣的地方。」

「我瞭解了，那我最後再請教一個問題。」草薙豎起食指，看著身旁的內海薰。

「請問這個人之前是否曾經來過這裡？」內海薰把一張照片放在他們面前，那是長岡修的照片。

松下偏著頭，吉岡點了點頭說：「喔，原來是這位先生。」

「你知道他？」草薙問。

「他上個月底曾經來過這裡，說正在採訪去年四月發生的女性死亡意外，希望瞭解詳細的情況。聽他的語氣，好像是在網路上看到這件事。」

「你怎麼回答？」

「我回答說，因為關係到客人的隱私，除非是死者家屬，否則無可奉告。但我明確告訴他，並不是意外死亡，而是因病身亡。」

「原來是這樣。」

對飯店來說，意外死亡和因病身亡有著完全不同的意義，他可能想要明確說明這件事。

這麼一來，長岡修和古芝伸吾就有了交集。他們的交集和古芝秋穗的死亡有關。

「你剛才提到死者家屬，」內海薰說，「你有沒有見過去世那位女性的家屬？」

「不，我沒見過……」吉岡看著松下。

「我見過她弟弟。」松下說。

「什麼時候？」草薙問。

松下偏著頭想了一下，回答說：「應該是去年五月的時候，我接到櫃檯的聯絡，要我告訴他，他姊姊去世時的情況，我就在這裡告訴了他。」

「你對他說了什麼？」

「沒說什麼特別的事，只有當時室內的情況和房間號碼……不好意思，因為隔了很久，我忘了細節。」

「是這個人嗎？」草薙出示了古芝伸吾的照片，那是他貼在履歷表上的照片。

「沒錯。」松下回答。

草薙和內海薰向他們兩個人道謝後，走出了辦公室。

「問題在於對方的男人。」內海薰邊走邊說，「古芝秋穗小姐到底和誰在這裡幽會。」

雖然內海薰認定是幽會，但草薙對這點也沒有異議。

「讓女人用假名字辦理入住手續，自己直接去房間，可見那個男人行事非常謹慎，八成是有家室的人，也就是外遇。」

內海薰突然停下腳步，指著電梯廳。

「怎麼了？」草薙問她。

「剛才在等你的時候發現，搭這個電梯，可以從地下停車場直接去客房。」

「原來是這樣。」草薙附和道，他瞭解內海薰想要表達的意思。

「所以，」內海薰繼續說道，「對於不想被其他客人和飯店人員看到的人來說，這家飯店很方便。」

「古芝秋穗小姐和她的約會對象應該也是基於這個理由，選擇了這家飯店。」

草薙接著說道，「對方是名人。」

「對。長岡先生從去年秋天開始，就在追查大賀議員的女性關係和醜聞。」

草薙皺著眉頭，用大拇指彈了彈鼻尖。

「我們回總部，雖然上面那些人不會感謝我們查到的這些情況。」

「在此之前，先去地下停車場看看。」內海薰從皮包裡拿出數位相機，走向電梯。

一個小時後，草薙和間宮、內海薰一起在警察分局的小會議室內，坐在桌子對面的是這起事件的實質負責人管理官多多良。間宮不希望其他偵查員聽到這些事，所以決定來這個會議室。

桌上放了兩張照片。其中一張是在長岡修的電腦中發現，應該是跟蹤大賀仁策的車子時，在像是停車場的地方拍下的。另一張是內海薰在古芝秋穗死亡的飯店停車場所拍，一看就知道兩張照片是同一個地方。

長岡拍攝的日期是前年十一月，古芝秋穗當時還活著。

多多良一頭白髮，戴著金框眼鏡，看起來像是很有氣質的學者。他聽完草薙他們的報告後，立刻發出低吟。

「死亡女子的約會對象可能是大賀議員嗎？真是太令人驚訝了，如果是事實，事情就很麻煩。」他用凝重的語氣說道。

「入住手續都由女方辦理，而且使用假名字，每次都入住昂貴的蜜月套房。如果對方是大賀議員，一切就很合理了。跑某個政治人物的記者，通常也會在政治人物去海外視察時同行，即使他們之間有特殊關係，也並不讓人意外。」

多多良聽了間宮的說明，面有難色地點了點頭。

「如果對方是大賀議員，和這起事件有什麼關係？」

間宮看著草薙，似乎示意由他來說。

「被害人長岡先生在採訪超級科技城計畫的同時，還調查了大賀議員的私生活，他留下了應該是在跟蹤時拍下的照片，可以證明這件事。不久之後，長岡先生可能發現了議員不自然的行動。他單獨一個人開著賓士車前往飯店的地下停車場，任何人都會懷疑他去那裡和女人幽會。問題在於幽會的對象到底是誰，我猜想他遲遲無法查到。最近，他得知去年四月，專門跑大賀議員相關新聞的女記者死亡的地點正是那家飯店，於是猜測那個女人是大賀議員的情婦。為了瞭解詳情，就去找了她的弟弟。」

多多良用指尖敲著桌子，聽草薙說完後，盯著他問：

「所以呢？假設他問了她弟弟，得知那個女記者就是大賀議員的外遇對象，為什麼會遭到殺害呢？」
「這……之後的事，目前還不清楚。」草薙結巴起來。
「呃，我可以發言嗎？」內海薰委婉地問道。
多多良揚了揚下巴，示意她說來聽聽。
「在飯店瞭解當時狀況時，我產生了一個疑問。為什麼古芝秋穗小姐一個人在房間？」
「當然是因為她約會的對象，也就是大賀議員離開了啊。」多多良的語氣似乎在說，為什麼要明知故問。
「議員是什麼時候離開的？因為，」內海薰打開了自己的記事本，「根據向轄區分局調閱的資料顯示，古芝秋穗小姐的屍體在死後超過十個小時以上才被人發現，因為是在隔天下午一點發現，所以她的死亡時間最晚也是凌晨三點。當時，議員已經離開了……」
「這很正常啊，議員有家庭，雖然預約了蜜月套房，但未必會住宿，和情婦辦完事之後就走人反而更自然。」
「這一點或許沒錯，」內海薰舔了舔嘴唇，「但她穿著衣服。」
「什麼？」

「衣服，古芝秋穗小姐死亡的時候穿著衣服。不妨想像一下，和外遇對象幽會的女人，會在深夜穿衣服嗎？」

多多良和間宮互看了一眼後，看向草薙，似乎在問他的看法。

「的確不自然。」草薙說，「既然還穿著衣服，很可能還沒有辦事。也就是說，古芝秋穗小姐的輸卵管破裂時，大賀議員很可能和她在一起。」

「喂喂，不要亂說話，」多多良指著他說，「果真如此的話，就必須討論議員為什麼沒叫救護車。」

「這正是我想說的話。」內海薰說，「議員擔心他的外遇被人發現，沒有聯絡任何人，就逃離了現場，結果導致和他外遇的女性死亡。果真如此的話，這將是重大的醜聞。我對政治不熟，但搞不好會危及政治人物的政治生命。」

「不是搞不好，而是確實會造成致命傷。」間宮說。

「既然這樣——」

「別說了。」多多良制止了年輕女刑警內海薰。

「我已經知道妳想要表達的意思。被害人長岡修應該也得出了這個推論，結果被某個不希望他報導這件事的人奪走了生命。」

「完全正確。」

「這樣的解釋的確合情合理，但是，妳忘了一件重要的事。凡事都需要證據，議員完全可以裝糊塗說，他和那個女人不是這種關係。即使有證據顯示他們之間有這樣的關係，只要議員主張他當時並不在場，就不會有任何問題。那個女人穿著衣服只是狀況證據，難道不是嗎？」

「這……的確是這樣。」內海薰無力地說。

「但是，」多多良抱著雙臂，巡視著幾名下屬。「如果牽涉到我們目前尚未掌握的事，則又另當別論了。總之，這件事和這起事件應該不無關係，我會和課長、理事官討論，重新檢討辦案方向。在明確方針之前，不要隨便提這件事，也不要告訴其他偵查員。知道了嗎？」

因為牽涉到眾議院的大牌議員，多多良也格外小心謹慎。草薙他們只能回答：「知道了。」

17

站在校門口，再度打量著校名。只因為是那個男人的母校，就覺得「統和高級中學」這幾個雕刻的文字也很有風格。事實上，這所學校的確歷史悠久，也是知名的升學高中。

這裡是那個男人——湯川的母校，也是古芝伸吾的母校。草薙抱著一絲期待來到這裡，希望能夠得到關於他下落的線索。他事先已經聯絡了古芝伸吾在高中三年級時的班導師谷山。

學生正準備放學回家，今天的課似乎已經上完了。

他在會客室和谷山面對面坐了下來。谷山個子不高，皮膚很黑，他說自己是國文老師，手上抱著一個資料夾和像是畢業紀念冊的東西。

「他從大學休學的事，也是之前聽刑警說了才知道。我很驚訝，因為完全不知道這件事。」

「古芝畢業之後，有沒有和你聯絡？」

谷山搖了搖頭。

「完全沒有。不過，大部分畢業生都這樣。」

「你對他從大學休學這件事有什麼看法？他是這種類型的學生嗎？也就是並不是堅持非讀大學不可……」

「不，」谷山誇張地偏著頭，「我不太能想像。當初升學指導時，他曾經說，無論再怎麼吃力，也要讀完大學。他姊姊照顧他的生活，但他說，自己也要努力賺錢。幸好申請到獎學金，當時他還說，這下子不必擔心了。」

「我在電話中也提到，目前他失去了聯絡。請問你知道他可能去哪裡嗎？」

「不，我不知道。」

「你知道他讀高中時經常去的地方嗎？像是遊樂場，或是速食店之類的地方。」

「不太清楚。」這名矮小的教師皺著眉頭說：「我對學生的行為並沒有這麼瞭解。」

草薙認為無法從這名老師身上獲得有用的線索。

「古芝有沒有比較好的朋友，比方說，班上的同學之類的。」

「嗯，這個嘛……」谷山打開桌上的資料夾。

寫著「三年二班」的名冊上，有三十幾個人的名字和聯絡方式。

「經常和他玩在一起的話，可能就是這幾個人。」他指了幾個人的名字。

雖然他的語氣很沒有把握，但草薙還是抄在記事本上。

「古芝有沒有參加社團活動？比方說，運動社團。」

「我不太清楚，但感覺他不會參加運動社團。」谷山翻開了畢業紀念冊，後半部分有運動會和文化祭的照片，還有各社團的紀念照。

「這張！」谷山指著一張照片說，「沒錯沒錯，是物理研究會。他在自我介紹時說，社團成員只有他一個人，社團面臨存亡的危機。」

照片上是古芝伸吾和另外兩個看起來年紀明顯比他小的成員　古芝伸吾穿著白袍，一臉嚴肅的表情。

「只有他一名成員？也就是說，三年級只有他一個人嗎？」

「對，原來之後還有一年級生加入啊。」谷山看著照片說。他之前似乎並不知道這件事，可能也並不關心。

既然社團內沒有其他同年級的同學，代表並沒有透過社團活動關係密切的朋友。

「請問是哪一位老師擔任顧問？」

「物理研究會嗎？嗯，是誰呢？我來問一下。」

谷山打了聲招呼說：「不好意思。」之後，用手機撥打電話。他小聲地和對方聊了幾句之後，掛上了電話。

「查到了，是教物理的天野老師，他等一下就過來。」

「謝謝。」草薙向他道謝。谷山雖然幫不上忙，但似乎很熱心。

一位老師很快就走進會客室，他自我介紹說，他姓天野。他腦袋的前半部分都禿了，可能因為這個原因，所以後面的頭髮留到肩膀做為彌補。年紀大約四十五、六歲，瘦高個子，和谷山形成了對比。

「雖說是顧問，但並沒有特別做什麼，只是負責管理儀器和機材。社團的成員也很少，到了古芝那一屆，只剩下他一個人。」天野滿臉歉意地說，「但古芝三年級時，在迎新會上表演了驚人的實驗，所以又有兩名新生加入了。那個實驗也令我嘆為觀止，聽說是物理研究會以前的校友提供了協助，但沒想到他會做出那麼驚人的東西，不愧是在帝都大學執教的老師。」

草薙停下了正在做筆記的手，看著老師的臉問：「帝都大？」

「那個提供協助的校友在帝都大學擔任教職。」

「叫什麼名字？」

「名字……叫什麼名字呢？我只見過一次。」天野好像辯解似地嘀咕著，抓著已經禿光的前額，「啊，對了，是湯川先生。沒錯，是湯川先生，因為和得到諾貝爾獎的人同姓，所以我記住了。」

草薙用力吸了一口氣，再緩緩吐了出來，以免露出慌亂的表情。眼前這兩位老師並不知道他和湯川的關係。

「那位校友從什麼時候開始協助古芝？大致的時間就好。」

「嗯，是在古芝升上三年級之前，所以是兩年前的三月，聽說一起製作了兩、三個星期。那位湯川先生幾乎每天都來學校，古芝感激不已，說學長幫了很大的忙。」天野完全沒有察覺草薙的驚愕，笑嘻嘻地說完後，突然露出訝異的表情，「這件事有什麼問題嗎？」

「不，沒問題。古芝最近有沒有和你聯絡？」

「沒有。我聽谷山老師說，他失蹤了？會不會被捲入了什麼意外？」

「不清楚。」草薙沒有回答，現在沒時間回答對方沒有意義的問題。

顯然從這個老師這裡，也無法再打聽到其他事。

「目前社團有幾個人？」

「嗯，三個人，剛才提到的那兩個一年級學生升上了二年級，去年又有一名新生加入。」

「我可以向他們瞭解一下情況嗎？」

「那倒是沒問題……不知道他們今天有沒有來。」

天野嘀咕著，拿出了手機，似乎打算打電話給學生。草薙感受到時代變了，如今連校內聯絡也使用手機了。

「我聯絡到學生了，兩名二年級的學生在，現在要去見他們嗎？」

「拜託了。」草薙說完，站了起來。

天野帶他來到掛著理化第一實驗室牌子的房間，室內有八張大型實驗台。這裡主要進行物理實驗，化學實驗則都在理化第二實驗室進行。

裡面有兩名男學生，分別叫石塚和森野，兩個人都白淨清瘦，石塚戴著眼鏡。他們坐在實驗台旁，實驗台上放著平板電腦和漫畫雜誌，看起來不像在做物理實驗。

天野向兩名學生介紹了草薙，幸好他主動向兩名學生說明，古芝伸吾失蹤了，草薙正在調查他的下落，可能天野自己也是這麼認為的。

「你們現在仍然和古芝保持聯絡嗎？」草薙開始發問。

「古芝學長畢業之後，幾乎沒有聯絡，對不對？」森野徵求石塚的同意。

「嗯。」石塚點了點頭，「去年那次應該是最後一次吧？」他的語尾上揚。雖然看起來是高材生，但說話的方式還是和時下的年輕人一樣。

「去年那次是？」草薙問。

「好像是……去年十月左右？」石塚問。

森野點了點頭說：「應該沒錯。」

「他和你們聯絡嗎？」

「不是，他來這裡。」石塚回答。

「他來這裡？古芝嗎？」

「對。」石塚說。古芝雖然是他的學長，但他並沒有意識到說話要用敬語，「他說來拿私人物品。」

雖然石塚說話從頭到尾都沒有用敬語，但草薙現在沒時間理會這些事。

「私人物品是？」

「學長製作的裝置，之前拆開之後放在櫃子裡，他說放在這裡可能太占地方。因為裝置很大，所以我們還幫忙他一起搬到車上。」

「是一輛白色廂型車嗎？」

石塚想了一下後回答說：「好像是那樣的車子。」

「那次之後，古芝就沒來過這裡嗎？」

「應該是。」石塚回答，一旁的森野語帶遲疑地說：「我們前天也這麼說了。」

「前天？對誰說的？」

森野和石塚互看了一眼，兩個人都露出了困惑的表情。

「這是怎麼回事？可不可以告訴我？」

「有話就說吧。」在一旁聽他們說話的天野對兩名學生說。

森野抓了抓頭，微微嘟起嘴說：「以前的校友來這裡。」
「校友？」
「社團的學長，那個人也問了古芝的事……」
「那個人……是誰？」草薙問，但在聽這兩個高中生回答之前，他的腦海中已經浮現出那個人的臉。

18

門口告示牌的「在室內」的地方有一塊紅色磁鐵，草薙確認後敲了敲門，不等裡面的人回答，就打開了門，大步走了進去，巡視著室內。湯川正翹著二郎腿坐在自己的座位，他今天沒有穿白袍。
湯川緩緩轉動椅子面對草薙。
「你今天出現的方式比平時更粗暴，既然要來，不是應該先打一通電話嗎？我認為這是禮貌。」
「因為我不希望你假裝不在。」
「假裝不在？我為什麼要這麼做？」

草薙大步走到湯川面前。

「我去了你的母校統和高中。」

湯川揚起下巴。

「是不是一所好學校？再過一陣子，櫻花就會盛開，只不過秋天會有毛毛蟲，讓人受不了。」

草薙不理會湯川的俏皮話，站在他面前，低頭看著他。

「你為什麼要隱瞞？你應該知道古芝伸吾的事。」

湯川無奈地搖了搖頭。

「你是聽物理研究會的掛名顧問，那個沒用的沙悟淨說的嗎？」

「你不是為他用來招募新人的表演實驗提供了協助嗎？而且還花了三個星期。」

「正確地說，是十八天。」

「這種事並不重要。我在你面前提到古芝伸吾的名字時，你為什麼說不認識。」

「我沒說不認識，只是說『我也不知道該說什麼』。」

草薙回想起當時的記憶，湯川的確是這麼說的。

「湯川，可不可以請你對我開誠布公？」草薙坐在工作檯上，「我上次說這起事件和你特別有緣，但我覺得事情沒這麼簡單，因為未免有太多巧合了，我不得不這麼說。」

湯川不發一語地站了起來，走向流理台，然後像往常一樣，把即溶咖啡粉倒進了馬克杯。

「你並沒有對我說實話。」草薙看著好友的背影說，「你老實告訴我，到底在隱瞞什麼？」

湯川拿著兩杯即溶咖啡走了回來，把其中一杯放在草薙面前。

「我很希望能夠避免目前這種局面，但顯然無法如願。」湯川拿著馬克杯，在椅子上坐了下來，「如果要回答你的問題，就必須說出有關古芝的一切。」

「我上次來這裡時提到古芝伸吾的名字，但你之前就已經發現古芝和這起事件有關嗎？」

湯川聳了聳肩說：「嗯，是啊。」

「什麼時候發現的？」

「一開始。」

「一開始是什麼時候？」

「就是你為這次的案子第一次來這裡的時候。」

「等一下，我第一次來這裡，是因為在被害人的通話紀錄上發現帝都大學的電話，又在他的名片架上發現了你的名片。你說長岡先生讓你看了那段牆壁破洞的影片，只是徵求你的意見，不是嗎？」

湯川注視著馬克杯。

「我並沒有完全說謊，但我承認，的確還有很多話沒說。」

「這是怎麼回事？長岡先生到底為什麼來找你？你實話實說。」

湯川難得痛苦地皺了皺眉頭之後，終於下定決心似地吐了一口氣說：

「長岡先生的確給我看了那段倉庫的牆壁破洞的影片，但是他在給我看影片之前對我說，這是某個裝置引發的現象。製作這個裝置的年輕人似乎接受了我的指導，希望我在瞭解這個事實的基礎上，再看那段影片。」

「你看到影片之後，就立刻知道那是什麼裝置，也知道是誰製作的，對不對？」

湯川沒有吭氣，草薙認為這代表肯定的意思。

草薙從自己的皮包裡拿出一張ＤＶＤ，看著湯川桌上的電腦。

「這台電腦可以播放ＤＶＤ吧，我可以借用一下嗎？」

「你要給我看什麼好看的影片嗎？」

湯川打開電腦的光碟機，把從草薙手上接過的ＤＶＤ放了進去。不一會兒，液晶螢幕上就出現了影像。

「反正你看就對了。」

地點就在理化第一實驗室。實驗台上放了一個看起來像是用長條金屬板組合起來的裝置，和草薙不知道名稱，也不瞭解用途的器具連在一起。

接著，一個年輕人站在實驗台旁，他就是古芝伸吾，他穿著深藍色運動衣，手上戴著橡膠手套。

「接下來，我要做發射實驗。因為一天只能做一次，請各位張大眼睛看仔細。另外，雖然我認為很安全，但為了以防萬一，還是請各位戴上剛才發給大家的護目鏡。」

古芝伸吾似乎在對稍遠處的人說話，所以鏡頭並沒有拍到那些人。

他也戴上了眼鏡，離開了裝置，只聽到他說話的聲音：「現在開始倒數計時。」

三、二、一。倒數的聲音剛落，裝置的前端冒出大量火花，同時響起激烈的爆炸聲。如果事先不知情，聽到這麼巨大的聲響會嚇出心臟病。現場響起驚呼聲，應該是那些觀眾發出的叫聲。
古芝伸吾再度出現，走到火花飛濺處的前方，拿起原本放在那裡的平底鍋。
「你們看，平底鍋被打穿了。」
鏡頭拍著平底鍋的特寫，平底鍋中央有直徑三公分左右的洞。
影片到此結束，草薙請他們複製了物理研究會的電腦中儲存的這段影片。
「你有什麼感想？」草薙看著湯川。
這位物理學家用手指推了推眼鏡中央。
「我第一次看到，只能說太精采了，實驗完全成功，看來他招募新成員的實驗表演很順利。」說完，他打開光碟機，把ＤＶＤ交還給草薙。
「聽說這叫磁軌砲。」草薙接過ＤＶＤ時說。
「沒錯，物理研究會的人有沒有告訴你原理？」
「有是有，」草薙撇著嘴角，「是不是弗萊明左手定則？」他知道這個名稱，所以說了出來。
「沒錯，就是勞侖茲力。將傳導體夾在兩根金屬軌道之間，瞬間通以大量電流，在產生的磁場相互作用下，傳導體產生巨大的動能，原理很簡單。」
「去年秋天，古芝伸吾把磁軌砲從社團活動室帶走了，你對這件事有什麼看法？」

湯川沒有回答草薙的問題。

「長岡先生讓你看了影片之後說了什麼？」

湯川注視著半空中某一點說：「他問我這個裝置能不能殺人。」

草薙吞了口水之後問：「你怎麼回答？」

「我回答說磁軌砲不是殺人工具。」

「長岡先生說什麼？」

「他問我，如果對著他人發射呢？是不是會像被打穿的牆壁那樣？」

「你怎麼回答？」

「我回答說，不實際實驗一下無從得知，但我不瞭解這麼做有什麼意義。」

「什麼意思？」

湯川指著草薙手上的ＤＶＤ說：

「你剛才從影片中也看到了，磁軌砲是大型裝置，無法像手槍和步槍那樣輕鬆帶在身上，如果想要對著人發射，必須把對方綁在某個地方，否則不可能打中。與其這樣，還不如用刀子殺人更快，根本不需要用磁軌砲。長岡先生聽了之後，問我是否有解決的方法，如果是我，會怎麼做。」

「你怎麼回答？」

「我回答說，磁軌砲不可能打中移動的人，如果是我，根本不會想做這種事，而且——」湯川用指尖推了推眼鏡後，注視著草薙的臉，「我還補充說，如果製作這個磁軌砲的人是我認識的年輕人，他也不會做這種蠢事。」

「長岡先生聽了之後說什麼？」

「他回答說，他知道了。」

「長岡先生沒有提到古芝伸吾的名字嗎？」

「沒有，但是他對我說，那段影片是他偷拍的，製作磁軌砲的人並不知道自己遭到偷拍，所以希望我不要去問當事人，也不要提起他來找我這件事，但是他會負起責任，阻止當事人做出愚蠢的行為。」

「長岡先生是從古芝口中得知了你嗎？」

「我沒問，但應該是這樣。」湯川喝著馬克杯中的咖啡，看著草薙旁邊的咖啡問：「你要不要喝？冷掉了。」

「我為了這起事件第一次來找你時，你為什麼沒有提這些事？如果你當時告訴我，我們就可以更快找到古芝伸吾。」

「古芝和命案無關，因為我確信這一點，所以認為沒必要多嘴。」

「既然這樣，你為什麼打電話去倉坂工機？」

湯川聽了草薙的話，眉毛抖了一下。草薙見狀，確信自己猜對了。

「命案發生的幾天後，有人打電話去倉坂工機，而且是用公用電話打的，問古芝伸吾在不在，那個人是不是你？」

湯川認命地點了點頭，放下馬克杯。

「雖然我認為古芝和命案無關，但還是有點擔心他，所以就打了他的手機，但手機打不通，所以就打電話去倉坂工機。」

「你知道古芝去倉坂工機工作的事嗎？」

「他入學後不久，曾經來向我打招呼，之後就完全沒有聯絡。我打電話給他，才得知他姊姊去世，他休學後找了工作，當時也問了他在哪一家工廠上班。」

「原來是這樣，所以你打電話去倉坂工機，得知古芝伸吾沒有去上班，就越來越擔心磁軌砲的事，就是你們在兩年前做的磁軌砲。於是你去了母校，確認磁軌砲是否還在學校，是不是這樣？」

湯川輕輕嘆了一口氣，「大致上就是你說的這樣。」

「倉庫的牆壁突然破洞、機車燒起來，以及屋形船的玻璃窗破裂這三件事，如果都是使用磁軌砲，是不是就可以合理解釋了？」

「我只能說，也可能是磁軌砲，但是——」湯川又接著說道，「我認為古芝涉及命案的可能性是零的看法仍然沒有改變，即使去追他也是徒勞。」

「既然這樣，古芝為什麼把磁軌砲從學校帶走？他又為什麼在深夜數次發射？」

「目前還無法證明是他幹的，不是嗎？更何況即使是他，如果不問他，也無法得知他的目的。」

草薙注視著湯川，雖然猶豫了一下，但還是決定告訴這個男人。

「我們必須儘快找到古芝伸吾，我認為他失蹤是為了復仇。」

「什麼？」湯川皺起眉頭。

草薙說了古芝秋穗的死亡，以及她外遇的對象大賀仁策很可能見死不救的事。

「目前還不清楚長岡先生和古芝伸吾接觸的過程，但他去向飯店打聽相關情況，可以證明他對古芝秋穗小姐的死抱有疑問。長岡先生為什麼要拍下證明磁軌砲威力的影片？根據我的推測，長岡先生應該察覺了古芝伸吾的目的，也就是他想要復仇。大賀仁策只要打一通電話就可以救人一命，但他並沒有這麼做，導致古芝伸吾的姊姊送了命，所以他打算用磁軌砲送他上西天。」

湯川拿下眼鏡放在桌上，露出可怕的眼神看著草薙說：「不可能。」

「你憑什麼斷言？因為古芝伸吾是個好人嗎？那他為什麼要把磁軌砲帶走？為什麼要射穿倉庫的牆壁？不就是為了測試磁軌砲的威力嗎？」草薙站了起來，指著朋友的胸口說：「我身為警視廳搜查一課的搜查主任，委託帝都大學的湯川副教授，請你現在和我一起去特搜總部，說明磁軌砲的情況。我希望你說明一下你教古芝伸吾做的武器。」

「我拒絕，而且磁軌砲並不是武器，只是實驗裝置。」

「如果用於殺人，就是武器。」

「我不是說了嗎？他不會這麼做。」

兩個人互瞪著，默默地用視線對抗。

草薙先移開了視線。

「既然你不願意提供協助，那就沒辦法了，我會請科搜研的人說明磁軌砲的情況。因為有影片，應該不是太大的問題，但是——」他在深呼吸後接著說：「在這起事件解決之前，我無法以朋友的身分和你接觸，如果我來這裡，就是以刑警的身分。」

湯川緩緩點了點頭，「我會記住。」

草薙轉身走向門口，湯川也沒有叫他。

19

間宮在筆電上看了古芝伸吾的磁軌砲實驗影片後，皺起了眉頭。

「年輕人真是麻煩，太笨固然傷腦筋，但太優秀也不行，因為會製作出這種東西。雖然我不想責怪湯川老師，但他栽培了一個可怕的徒弟，而且沒想到他竟然隱瞞這個徒弟的事。」

「我請科搜研的人看了影片，他們認為那個裝置在目前的狀態，也有足夠的殺傷能力，而且很可能已經進一步改良，增加了威力。」草薙把那三次離奇現象的照片放在間宮面前，「古芝伸吾進入倉坂工機後，學會了金屬加工的高階技術，也許他去工作的目的，就是為了改良磁軌砲。」

「也因此從大學休學嗎？」

「很有可能。」

間宮在桌上托著腮，嘆了一口氣。

「所以，他在一年前就決定要復仇嗎？這麼深的怨念太可怕了。」

「自從他父親也死了之後，姊姊秋穗小姐是他唯一的親人，而且也代替父母照顧他。從秋穗小姐死在飯店的狀況判斷，他痛恨大賀議員到想要動手殺人也不足為奇。」

「關於大賀議員……」間宮巡視周圍後，向他輕輕招了招手，似乎擔心被別人聽到。間宮的直屬下屬，也只有一小部分人知道，這起事件可能和大賀仁策有關。

草薙把臉湊了過去，「有什麼狀況嗎？」

「聽說之前就有一部分人在傳，他和古芝秋穗小姐可能有特殊的關係，但最近沒有人再提這件事。可能是因為古芝小姐去世，傳聞也就自然消失了。」

「這個傳聞也可能傳入了長岡先生的耳裡。」

間宮用力點頭，「非常有可能。」

「他很可能在各方調查的過程中得知古芝秋穗小姐在那家飯店猝死，於是就去見了古芝伸吾，想要瞭解詳細的情況。」

「應該就是這樣。不瞞你說，我們的人四處查訪時，在古芝以前住的公寓那裡打聽到耐人尋味的事。」

「以前住的公寓，是和秋穗小姐同住的地方吧？」

古芝伸吾在去年五月搬到倉坂工機旁的公寓，之前的房子是和姊姊同住，一個人住可能太大了。

「兩個月前，曾經有人去之前的公寓打聽，是否知道古芝伸吾搬去哪裡。以年紀和身材來判斷，很可能就是長岡先生。」

「原來還有這件事，有人告訴他嗎？」

間宮搖了搖頭。

「目前似乎沒有。隔壁的鄰居和古芝伸吾最熟，但古芝伸吾也沒有留地址給他，只是曾經聊到要去足立區的零件加工廠工作，所以，長岡先生在打聽新住址時，鄰居就告訴了他這件事。」

草薙打了一個響指。

「長岡先生得知後，就打電話去足立區的每一家可能符合的公司，最後終於查到古芝伸吾在倉坂工機。」

「應該就是這樣。」

「終於連起來了。接下來，只要大賀議員承認和古芝秋穗小姐之間的關係，就幾乎完美無缺了。」

「你說話太大聲了。」間宮皺著一張臉，「刑事部長非正式地向議員方面問了這件事，但議員辦公室轉告當事人的回答說，的確記得有一個姓古芝的記者，但並沒有私人情誼。目前並沒有任何證據，既然對方否認，我們也就束手無策了。刑事部長指示課長，在偵查過程中，盡可能不要提到議員的名字。」

「這是什麼意思？到底要我們怎麼做？」

「我們偵辦的是長岡修遇害的案子，並不是還沒有發生的事件。」

「雖然是這樣，但這關係到議員的性命。」

間宮挺直了身體，看著草薙。

「如果古芝伸吾企圖復仇，你認為和這次的事件有什麼關係？」

草薙看著桌上的照片。

「據內海說，長岡先生在拍攝磁軌砲破壞倉庫牆壁的影片之前，曾經對他的女朋友渡邊清美小姐說，年輕真可怕。長岡先生還向湯川確認，磁軌砲是否可以殺人。也就是說，長岡先生察覺了古芝伸吾的計畫，而且，長岡先生還對湯川斷言，自己一定會阻止。」

「是喔，事到如今，已經很難阻止。不是報警，就是通知大賀議員身邊的人。」間宮點著頭，「對古芝伸吾來說，一旦長岡先生這麼做，他就前功盡棄了，之前的努力全都泡了湯。在他得知長岡先生知道他的復仇計畫時，就有殺害長岡先生的動機。」

「很合理，只是還有很多疑點。」

「哪些疑點？」

「長岡先生為什麼會發現古芝的計畫？古芝不可能自己告訴他。」

「的確是。」

「另外，也無法瞭解古芝什麼時候，用怎樣的方式使用磁軌砲。湯川說，無法擊中移動中的人這種說法很有說服力。」

「好吧！」間宮垂著嘴角點了幾次頭後站了起來。「我會根據這些情況，向管理官提議，以剛才討論的方向為中心，重新建立偵查方針。」

間宮收拾了資料，快步走了出去。草薙目送他的背影後，覺得很不是滋味。

刑警在破案時，必須懷疑所有的事，所以，他對於向上司報告古芝伸吾有可能是兇嫌這件事並不感到後悔。事實上，目前也認為古芝伸吾的嫌疑最重大，但草薙心裡仍然有一種不舒服的感覺，當然是因為想到了湯川。

我認為古芝涉及命案的可能性是零的看法仍然沒有改變——湯川的話在腦海中響起。

草薙沒見過古芝伸吾，所以不知道他是怎樣的人，但是，湯川竟然對他這麼有信心，可見他真的是一個誠實的人。這樣的人會犯下殺人這種殘酷的犯罪行為嗎？

草薙可以立刻回答這個問題。他的回答是，有可能。事實上，他曾經看過好幾個這樣的人，也曾經親自為這種人戴上手銬。

但是——他繼續想道。湯川不一樣，是否可以相信他看人的眼光？

草薙搖了搖頭，告訴自己不要多想。辦案不能靠心情，辦案的基本就是必須不斷積累事實。

即使如此，他還是無法不在意湯川的事，不知道那位物理學家接下來會怎麼做。

內海薰的身影進入了他的視野，她正坐在電腦前。

「妳在查什麼？」草薙走過去問。

「在查網路新聞。飯店的人不是說，長岡先生好像是透過網路新聞得知古芝秋穗小姐在飯店去世的事嗎？但無論怎麼查，都查不到相關報導，我也查了新聞報導，也同樣毫無所獲。想一下就覺得很正常，因為這並不是意外，也不是刑案，而是因病身亡，而且涉及隱私的問題，當然不可能在網路上公布消息。但是，當初聽到這種說法時，我就一直覺得不太對勁。」

內海薰的說明讓草薙心服口服，同時暗自為自己太大意，完全沒有懷疑這件事感到羞愧。

「如果不是透過網路，他是怎麼知道的呢？」

「你聽說那件事了嗎？」內海薰壓低了聲音問，「就是之前曾經有傳聞說，大賀議員和古芝秋穗小姐之間可能有特殊的關係。」

「剛才聽股長說了。」

「我認為很可能是長岡先生聽到這個傳聞之後，開始調查古芝秋穗小姐，應該很快就知道她在去年四月就已經去世這件事。但是，通常不會認為她的死因和議員有關。」

「的確是這樣。」

「是不是有人告訴長岡先生，秋穗的死和議員有關，所以他才會去飯店打聽，確認事情的真偽？」

「那個人是誰？」

「我認為只有一個人。」

「古芝伸吾嗎？」

「對。」年輕女刑警點了點頭，「我的判斷錯了嗎？」

草薙發出低吟。

「我覺得想要復仇的人不可能這麼輕易告訴他人動機，更何況長岡先生也說，倉庫的牆壁破洞的影片是他偷拍的。」

「偷拍？」內海薰瞪大了眼睛，「是這樣嗎？你怎麼知道？」

「妳也很熟的那個人隱瞞了重大的事。」
「我也很熟的人是……」
草薙清了清嗓子，低頭看著後輩女刑警。
「內海巡查長，我要交給妳一項重大的任務。」

20

操場上正在進行足球比賽，但並不像是正式比賽，甚至不是練習賽。最好的證明，就是傳球時被搶走球的選手露出苦笑後跑開了，可能只是幾個喜歡足球的人自己在玩而已，當然也沒有人在場邊聲援。

但是，有一名觀眾。他穿著白袍坐在長椅上，怔怔地看著眼前的人比賽。他並沒有很認真地注意比賽，只是用茫然的眼神追著球。

薰走過去問：「老師以前踢過足球嗎？」

湯川瞥了她一眼，臉上的表情沒有任何變化。

「高中的體育課踢過之後，就沒再碰過，連踢球的感覺也忘了。」

「統和高中在運動方面很厲害嗎？」

這位物理學家噗哧一聲笑了起來。
「總的來說，完全不行，但羽球社並不差。」
「因為湯川老師加入的關係嗎？」
「這就難說了。」
「我可以坐在你旁邊嗎？」
「請便，這張椅子不是我的。」
「失禮了。」薰打了一聲招呼後坐了下來，木質長椅有點涼涼的。
「草薙叫妳來嗎？」
「對，他要我來瞭解一下你的情況。」
湯川微微偏著頭，聳了聳肩。
「那傢伙說話還真奇怪，警察為什麼要來瞭解我這個物理學者的動向。」
「湯川老師，你的徒弟有殺人嫌疑，你不打算採取任何行動嗎？」
薰發現湯川露出嚴肅的表情，他繼續看著操場。
「他不會殺人，他做不出那種事。」
「所以你覺得不需要做任何事嗎？」
湯川沒有回答，但看他臉上的表情，應該並不是肯定內海薰的話。

「目前認為古芝同學很可能是為了增加高中時製作的磁軌砲的威力，才去倉坂工機工作。事實上，他也曾經聲稱要學習技術，獨自一人留在工廠操作各種工作機具，有時候甚至忙到深夜。倉坂工機有一個專門堆放廢棄機械的舊廠房，聽說在那裡發現了他用磁軌砲做實驗的痕跡。」

湯川還是沒有說話，但並不是無視，一定是在腦海中咀嚼薰說的話。

「我稍微調查了一下磁軌砲，發現並不違反槍砲刀械法。」

「法律上定義的槍枝，」湯川終於開了口，「是指那些利用氣體膨脹的東西，磁軌砲只是利用了電磁力，所以並不違法。」

「的確是這樣，但最近發生的奇怪現象，可以用磁軌砲來解釋嗎？」

湯川遲疑了一下後回答：「可以解釋。聽說找不到彈殼，這是因為試圖尋找普通槍枝的子彈殼，如果試著找其他東西，也許可以找到。」

「其他東西是指？」

「磁軌砲的發射體稱為射彈，通常使用幾公克的非傳導物質。設置在射彈後方的傳導體直接接收電磁力，但因為動能太強大，傳導體會電漿化。射彈承受電漿的推力，會以秒速數公里的速度發射出去，命中的瞬間，龐大的動能會轉換為熱能，射彈就會瞬間蒸發，消失不見。雖然也許會留下痕跡，但如果一心想要找彈殼，絕對不可能找到。」湯川侃侃而談，恢復了薰熟悉的科學家說話的口吻，也許他也確信那些離奇現象是磁軌砲造成的。

薰打開肩背包，拿出一張摺起的紙。

湯川露出訝異的眼神問：「這是什麼？」

「今天一大早，警方搜索了古芝伸吾同學的住家，在他家裡找到的。」

湯川接了過來，打開一看，那是一張B4尺寸的圖紙，上面畫了像是球形的零件。

橘子皮，湯川嘀咕著。

「橘子？」

「沒事，這就是我剛才說的射彈。」湯川說話時注視著圖紙，點了好幾次頭，「原來是玻璃和樹脂的組合，太厲害了，很棒的點子，可見他下了工夫。」

「還有很多其他的圖紙，我不是很瞭解，尺寸和形狀好像有微妙的差別。古芝同學向大田區一家公司訂製了這些東西，從去年夏天至今總共有七次。接到訂單的公司也完全沒有想到竟然是私人訂購。」

「對磁軌砲來說，射彈的材質和形狀是很重要的因素，改良七次也很正常。」

湯川把圖紙摺好後，還給了薰。

「聽說磁軌砲順利的話，可以發揮驚人的威力，只是很難做為武器使用。」薰根據網路查到的知識說道。

「不是很難而已，根本是在做夢。」湯川不假思索地回答，「妳看了古芝的影像應該就知道，設置那個裝置需要一張榻榻米大的空間，總重量有將近一百公斤，機動性根本是零，而且巨大的電容器需要大量電力充電。如此大費周章，卻只能發射一次。」

「一次……影片中好像有提到這件事。」

「發射一次之後，軌道表面就會變得很破碎，必須以微米為單位的精度重新磨製後，才能進行下一次發射，而且還必須重新組裝。無論怎麼想，都無法成為武器。」

「但是如果只要殺一個人，發射一次不是就足夠了嗎？」

湯川的雙眼打量著薰。

「妳好像硬是要把他當成殺人兇手。」

「正因為不希望他成為殺人兇手，才會說這些話。不要說是兇手，甚至不希望他成為殺人未遂犯，所以希望能夠阻止他。老師，也許只有你能夠做到。」

「我無能為力。」

「既然這樣，警方也無能為力，或許可以逮捕他，但無法救他，這樣也沒問題嗎？」

薰看到湯川的眼中露出悲傷的眼神。他拿下眼鏡，用指尖揉著眼角，吐出積在胸口的氣，重新戴上了眼鏡。

「去年夏天，我去倉坂工機找他。雖然在那之前我們通了電話，但還是很擔心他。」

「你見到他了嗎？」

「嗯。」湯川輕輕點了點頭。

「雖然看起來好像瘦了些，但健康狀態應該不錯，所以我稍微鬆了一口氣。他和我聊了很多金屬加工的事，我聽了也很開心。當時也聊到了大學的事，但他並沒有後悔休學，也沒有感到悲觀。」

「所以並沒有特別令你在意的地方，對嗎？」

湯川沒有立刻回答薰的問題，沉默片刻後說：「如果說完全沒有的話，就是在說謊。」

「發生了什麼事嗎？」

「不算是發生了什麼事，只是他說的話讓我有點在意，當時我們正聊到他姊姊。」

「他說什麼？」

湯川露出遲疑的表情後，語氣沉重地說：

「他說，姊姊死了，他雖然很悲傷，但可以把悲傷化為巨大的力量，所以他認為人的死亡，也就是戰爭，是科學發展的最大原動力。」

「你怎麼說？」

「我對他說，科學技術的確都有這一面，並非只用於好的方面，關鍵在於運用者的心態。一旦落到邪惡的人手上，就會變成禁忌的魔術，科學家必須隨時牢記這一點。」

「他同意嗎？」

「不知道，看起來好像陷入了沉思，所以我有點在意，但是我並沒有多問。因為當時我還不知道他姊姊的死亡有這些隱情，也完全沒有想到他打算復仇。」

薰注視著這位物理學家知性的臉龐。

「老師，所以你承認古芝同學想要復仇嗎？」

湯川一臉遺憾地咬著嘴唇後開了口。

「我曾經見過古芝的姊姊一次，在完成磁軌砲的那一天，他邀我去他家。和他姊姊稍微聊了幾句，就知道她是一個很出色的女人。對古芝來說，姊姊是唯一的親人，也是恩人，這麼重要的人因為別人見死不救而身亡，他內心憤怒必定非比尋常。他是很單純老實的人，正因為這樣，一旦下定決心，就無法回頭了。如果他想殺了大賀議員，並不是因為他自己想要復仇，而是基於必須為姊姊復仇的義務感。在這種情況下，很難阻止他，因為他已經把個人生死置之度外了。」

「必須阻止他，無論如何都必須阻止他，」薰語氣強烈地說，「這可以拯救古芝同學。」

湯川仰望著天空，吐了一口氣，然後緩緩看向薰，「妳一直稱他為『同學』。」

「啊？」薰問道。

「妳都稱他為『古芝同學』，而不是直接叫他『古芝』。」

「這是因為，」薰舔了舔嘴唇後繼續說了下去，「因為他還不是嫌犯。」

「企圖復仇不算犯罪嗎？」

「算，是預備殺人罪，但目前還沒有證據，長岡修先生的命案也一樣。」

「聽草薙的語氣，好像覺得古芝是因為發現長岡先生得知了他的復仇計畫，所以行兇殺了他。」

「目前的確朝這個方向偵辦。」

「太荒謬了。」

「我也這麼認為。」湯川露出意外的表情，薰繼續說道，「兇手帶走了被害人的記事本、智慧型手機和平板電腦，卻沒有拿走電腦旁的記憶卡，記憶卡中有破壞倉庫牆壁的影片。如果古芝同學是兇手，不可能不帶走。」

「妳說的對，而且如果是為了隱瞞復仇計畫而動手殺人，就不可能突然失蹤，因為這樣反而容易被警察盯上。」

「我相信草薙先生應該也知道這些，但在偵辦案子時，必須懷疑一切。」

「我知道，他也不是傻瓜。」湯川撥了撥劉海，「警方的方針是什麼？妳剛才說，也許可以逮捕古芝，你們有什麼打算？」

薰笑了笑，「你要我把偵查內容告訴給民間人士嗎？」

物理學家微微瞪大了眼睛，撐大了鼻孔，「沒想到妳竟然會說這種話。」

「開玩笑的。目前偵查員正在都內和附近的飯店等古芝同學可能潛伏的地方搜索，一旦發現他，可能會採取埋伏作戰。」

「埋伏作戰？」

「超級科技城計畫的新工程將在下週動工，本週末將舉行奠基典禮，大賀議員也將出席。」

湯川露出銳利的眼神問：「所以呢？」

「磁軌砲缺乏機動性，只能用車子搬運，而且只能發射一次，但射程距離比槍枝更遠。舉行奠基典禮的地方周圍空無一物，很適合從遠處狙擊。儀式本身要花相當長的時間，所以有充分的時間瞄準。」

「所以你們認為，古芝會在奠基典禮時殺了大賀議員。」

「你認為很荒唐嗎？在技術上並不可能嗎？」

湯川瞪著薰之後，搖了搖頭說：「不，在技術上完全可能。」

「特搜總部認為，如果古芝同學打算使用磁軌砲殺害大賀議員，這是唯一的機會。反過來說，這也是逮他的絕佳機會。」

物理學家的眼中露出不悅的陰影，也許他想像了愛徒遭到逮捕的畫面。

「妳覺得，」湯川幽幽地問：「他為什麼躲起來了？」

「啊？」

「我剛才也說了，如果不躲起來，警方根本不會注意到他，他為什麼要這麼做？」

「也許他認為只要調查長岡先生的事，早晚會找上他。」

「應該是吧，但實際情況並不是這樣，是因為發現他失蹤之後，才開始調查他，然後才發現他姊姊之前跑大賀議員的新聞。如果古芝不輕舉妄動，也許至今仍然沒有發現他們有交集。」

「這……沒錯，的確是這樣。」

「古芝那麼聰明，我不認為他會犯下這種疏失，也就是說，他是在權衡了風險之後，才決定消失。這個風險就是警方在調查長岡先生之後，查到他的可能性。他並不認為可能性是零，為什麼？」

「是不是因為長岡先生知道了他的復仇計畫？」

「我對這一點感到不解，這麼重要的事，他不可能主動告知，更何況對方是自由撰稿人，這麼一想……」湯川把拳頭放在額頭上，「長岡先生來找我這件事也很奇怪，我原本以為是古芝告訴他的，但可能並不是這樣。」

「對了，」薰說，「草薙先生也說了同樣的話。」

「他怎麼說？」

「他很納悶，長岡先生為什麼會注意到秋穗小姐的死。」

薰告訴湯川，網路上並沒有關於古芝秋穗死亡的消息，無法理解長岡為什麼會去飯店確認。

「所以我原本以為是古芝同學告訴長岡先生，但草薙先生說，計畫復仇的人會這麼輕易告訴別人動機嗎？」

「我也同意這個意見，古芝不可能說，既然這樣——」湯川似乎想到了什麼，猛然挺直了身體。「還有另一個人。」

「另一個人？」

「除了古芝以外，還有另一個人知道古芝打算用磁軌砲復仇的計畫，以及古芝秋穗小姐的死亡之謎，那個人向長岡先生爆了料，這是唯一的可能。」

「那個人是……」

「據說古芝在倉坂工機用磁軌砲做實驗，有時候會進行到深夜。」

「對，有什麼問題嗎？」

「一定有人協助他，才能夠持續實驗，卻不被人發現。」湯川低頭看著手錶，從長椅上站了起來，「現在時間剛好，妳跟我來。」

21

聽到來電鈴聲，她急忙拿出手機，但螢幕上顯示了同學的名字。她接起電話，回答了同學問她的事，順便閒聊了幾句。她在說話時很小心，避免同學覺得她態度冷淡，然後用開朗的聲音說：「那就明天見。」向同學道別。

由里奈嘆了一口氣，看著手機。

他明明說好要和我聯絡——

古芝伸吾在失蹤的十天後，最後一次和她聯絡。他用公用電話打電話給由里奈，問她是否有什麼新情況。

「有刑警到公司來，還帶我去家庭餐廳，要我把你的事告訴他們。」

「結果呢？」

「我說我什麼都不知道，就這樣而已。」

「是嗎？謝謝妳。」

伸吾語氣凝重，似乎馬上想要掛電話。由里奈慌忙問他：「你真的打算做嗎？」

「當然啊。」他停頓了一下後回答，「因為我是為了這個目的而活。」

由里奈聽到這句話，心不由得一沉。

「為這個目的而活……完成之後，你打算去死嗎？沒這回事吧？你之前不是說，你要去自首嗎？」

「……不知道。」

「我才不要，你別說這種話。」
「我會再和妳聯絡。」說完，他就掛上了電話。
每次回想起當時的話，她就感到心痛。不知道他現在怎麼樣了。
她邁著沉重的步伐走回家裡，在經過倉坂工機前時，發現前方有人影。有兩個人，分別是一男一女。戴眼鏡的男人很面熟，但想不起來在哪裡見過；穿長褲套裝的女人應該是第一次見面。
他們似乎在等由里奈，向她微微欠身打招呼。由里奈停下了腳步。
那兩個人走了過來。女人面帶微笑，從皮包裡拿出什麼東西。「妳是倉坂由里奈吧？」
由里奈發現她拿出警察證的瞬間，立刻感到緊張不已，全身都繃緊，好不容易才擠出一個字：「對。」
「可以打擾一下嗎？有事想要請教妳。」
「……什麼事？」
「有很多事想要問，但總的來說，是關於古芝同學。」
由里奈看著地上，搖了搖頭說：「我什麼都不知道。」
「是嗎？」那個男人說，「我認為並不是這樣。」

由里奈抬起頭，和那個男人四目相接。「好久不見。」他笑著說。

想起來了，他去年夏天曾經來找伸吾。

是湯川老師——

伸吾之前曾經多次向她提到尊敬的湯川老師，她連自己都感到納悶，為什麼沒有馬上想起來。

「關於古芝，妳應該知道一些別人不知道的事。」湯川老師說，「如果妳不希望他犯錯，希望妳把知道的事情全都告訴我們。只有妳能夠拯救古芝，不是嗎？」

由里奈倒吸了一口氣，難道他們已經識破了一切嗎？

「妳應該認識長岡修先生吧？當初也是妳把古芝的計畫告訴了他，對嗎？」

果然沒錯，一切都已經曝光了。

「由里奈，」女刑警用溫柔的語氣說，「警方已經在追古芝同學的下落，也大致猜到他打算在哪裡行動，所以，他的計畫一定會失敗，但如果照目前的情況發展，他會變成罪犯。為了避免這種情況發生，必須讓他放棄計畫。希望妳把知道的一切都告訴我們，也許可以阻止他。還是說，妳希望他成為罪犯？希望他去坐牢嗎？」

由里奈搖了搖頭。正因為不希望這樣，當初才會告訴長岡。

千頭萬緒湧上心頭，她拚命忍住了淚水。

「好。」湯川點了點頭，「我們找一個暖和的地方坐下來。」

他們帶她坐上停在一旁的車子，由里奈坐進後車座，立刻拿出了手帕。

那天晚上，成為一切的開始。

由里奈得知伸吾練習金屬加工到深夜，於是就帶了消夜去找他。沒想到他不在工廠內，但很少使用的舊廠房透出燈光。

她探頭一看，發現伸吾在裡面。他站在一個由里奈以前沒見過的裝置前，正在進行什麼作業。

她正在好奇那是什麼，一切就發生了。

隨著一聲衝擊聲，亮起了一道閃光。她驚訝不已，手上的塑膠袋也掉在地上。

伸吾聽到動靜轉過頭，由里奈想要逃走，但雙腿無法動彈。當她好不容易撿起便利商店的袋子時，門打開了。

伸吾看到她似乎很驚訝，兩個人相互注視了幾秒鐘。

「那個……那個，我……」由里奈把便利商店的塑膠袋遞給他，「這是給你的消夜……」

伸吾抓住了她的手，把她拉進廠房，左顧右盼後，關上了門，然後一直低頭看著腳下。

「伸吾……」由里奈叫著他的名字。那時候，她已經用他的名字叫他。

「我想拜託妳一件事，」伸吾看著她，「希望妳不要把剛才看到的事告訴任何人，不要告訴老闆、其他同事，還有妳的家人和同學。」

由里奈努力調整呼吸，「你在這裡幹什麼？」

「這……我不能告訴妳。」他移開了視線。

「為什麼？」

「因為妳不需要知道。」

「知道也沒問題吧？告訴我。」由里奈站在伸吾面前，「這個機械是什麼？你為什麼要做這種東西？」

「……這是實驗。」

「實驗？什麼實驗？為什麼不能告訴別人？」

伸吾聽到由里奈的問題，露出痛苦的表情。由里奈立刻知道，他隱藏了天大的秘密。因為這個秘密，他這麼優秀的人才會來這家小工廠。

「告訴我，」她對伸吾說：「只告訴我一個人。」

「妳最好還是不要知道。」

「為什麼？」

「沒為什麼，如果妳告訴別人，我就只能離開這裡。」

由里奈不禁陷入了混亂，因為她不希望伸吾離開這裡。

「好吧，」她回答說：「我不會告訴任何人，但你以後會告訴我，對嗎？」

伸吾皺起眉頭想了一下，微微點頭說：「嗯。」

「我可以偶爾來看你嗎？」

「如果被妳家人發現就慘了。」

「別擔心，我從窗戶溜出來，他們就不會發現，我今天也是這樣溜出來的。」

說完，她再度遞上便利商店的袋子。

伸吾輕輕笑了笑，接過了袋子。

之後，由里奈多次參觀了他的「實驗」，只知道會耗費很多時間和工夫。他把複雜的裝置拆開之後，藏在自己的車上，光是重新組合起來，就要花費超過一個小時的時間。有幾個零件需要精密保養，研磨金屬部分甚至需要好幾個小時，而且一個晚上只能做一次「實驗」，一旦失敗，就不能再做了。

十二月之後，伸吾才告訴她裝置的名稱，據說叫磁軌砲。由里奈恍然大悟，像子彈的東西透過長長的金屬軌道發射出去，的確很符合這個名稱。

「原本是高中時，在某人的指導下製作的，妳也曾經見過那個人。」伸吾在磁軌砲前吃著便利商店的飯糰時說。

「該不會是夏天來找你的那個人？」

「沒錯沒錯。」

伸吾告訴她，那個人姓湯川，是帝都大學的副教授。伸吾用充滿熱忱的語氣告訴她，湯川老師是多麼優秀的研究人員。只有那個時候，他的整個表情都亮了起來。

伸吾還告訴她，今年春天，他考進了帝都大學，但因為姊姊死了，所以就休學了。

「為什麼非要休學？不能想想辦法嗎？」

由里奈問，伸吾立刻露出黯然的表情，只是小聲地說，他不能繼續讀大學。

由里奈無法不問她一直感到不解的事，她看著磁軌砲問：「這是要做什麼用的？」

伸吾默然不語地低下了頭。

「該不會……要射擊某個人？」

伸吾沒有回答，但等於已經回答了。

「真的是這樣？」她又問了一次。

伸吾全身的力量頓時鬆懈。由里奈確信，他願意告訴自己。

「沒錯，」他回答：「我要報仇。」

「報仇？」

「為我姊姊報仇。」

「你姊姊不是生病去世嗎？」

伸吾搖了搖頭，「她是被人殺害的，她形同被人殺害。」

他把姊姊古芝秋穗死亡當時的詳細情況告訴了由里奈。

「我這輩子應該都不會忘記在警察局的遺體安置室看到姊姊時的情況。她的臉色蒼白，但更接近灰色，眼睛和臉頰都凹了下去，完全看不到她平時活力充沛，四處奔波的影子，難以想像人的臉竟然會在一夜之間，發生這麼大的變化。」

伸吾說，接到警方通知時，他以為秋穗被捲入什麼事件而失去了生命，但是，之後刑警告訴他的內容完全出乎他的想像。

「警察說，是因為子宮外孕導致輸卵管破裂，造成大量出血，最後休克死亡——我搞不清楚是怎麼回事，不知道他們在說誰。懷孕？我姊姊？我感到莫名其妙。因為我甚至不知道姊姊有男朋友，而且，發現她的地點也很奇怪，是在飯店的房間。在六本木的飯店，而且是蜜月套房。她為什麼一個人去住那種地方？怎麼可能有這種事？」他用充滿怒氣的聲音說。

「你姊姊死的時候是一個人嗎？」

果真如此的話，由里奈也覺得很奇怪。

「不可能，她絕對和別人在一起，一定是和男人在一起。那個人到底是誰？姊姊病倒時，他到底在幹什麼？又逃去哪裡了？」

「如果是這樣，警方應該也會調查吧？」

「警方說，他們會調查，說打算尋找當時和我姊姊在一起的男人。如果對瀕臨死亡的人見死不救而逃走，就是犯了有義務者遺棄致死罪。我聽了之後，內心充滿期待，以為警方一定會找到那個人。沒想到不久之後，負責偵辦的刑警把姊姊的私人物品交還給我，說姊姊的死和犯罪無關，所以不會再繼續調查。」

「怎麼會這樣……」

「即使找到那個男人，只要對方主張，他在姊姊病倒之前就離開了，就無法追究法律責任，所以繼續偵辦也沒有意義。那名刑警滿臉歉意，但我當然不可能接受，決定自己找到那個男人。我去了飯店，去了姊姊去世的那家飯店。飯店的人都很親切，安排第一個發現姊姊屍體的人和我見面。他是門僮，負責為客人搬行李，帶客人去客房。於是我知道了幾件事，」伸吾豎起食指，「首先，桌子上有啤酒瓶和兩個杯子，而且兩個杯子中都還有啤酒。」

「有兩個杯子不就代表還有另一個人嗎？」

伸吾點了點頭，豎起了兩根手指。

「第二點，就是我姊姊穿著衣服，連絲襪也穿著。第三點也和這件事有關，就是房間幾乎沒有使用，所有的毛巾都沒用，連床罩也沒拿開。」

「這代表……」

「他們還沒有上床。」伸吾直截了當地說，「這種事根本不可能啊，男人和女人約在飯店見面，不就是為了這個目的嗎？怎麼可能只喝啤酒純聊天？那個男人看到姊姊身體出了問題，所以就逃走了。這是唯一的可能。我聽那個門僮說，姊姊流了很多血。那個男人雖然看到了，卻沒有叫救護車就逃走了，這根本不是人做的事。」伸吾一吐為快之後，在餘音中嘆了一聲氣。

他豎起四根手指。

「還有第四點，這也是最重要的事。房間號碼是１８２０。」

伸吾從放在一旁的皮包裡拿出智慧型手機，但那並不是他平時用的手機。

「這是我姊姊的手機，」說完，他熟練地操作後，把液晶螢幕放在由里奈面前。上面顯示了寄出的訊息。日期是去年四月，時間是晚上十一點多。主旨是「是１８２０」，沒有內文。

「這是……」

「姊姊辦理入住之後，把房間號碼告訴那個男人。男人隨後再去房間，也就是說，郵件信箱的主人，就是那個男人。」

「你知道他的名字嗎？」

伸吾搖了搖頭。

「手機上只顯示了英文的『J』，不知道他的真名，但是，手機上有他們互通的訊息，所以可以找到線索。姊姊稱對方『議員』，他們經常一起去旅行，但並不是單獨出遊，而且那個人和光原町有密切的關係。」

「光原町？」

「訊息中經常提到，像是你什麼時候要去光原町？光原町的情況怎麼樣？雖然我不太瞭解我姊姊的工作，但有這些線索，不難知道『J』到底是誰。」

伸吾說，那個人就是眾議院的議員大賀仁策。對政治很陌生的由里奈偏著頭，伸吾告訴她，大賀仁策之前擔任文部科學大臣，最近主導超級科技城計畫，他的姊姊以前是專門跑大賀仁策相關新聞的記者。

「我難以相信，應該說，我不願意相信為什麼姊姊要和那種一看就很黑心的老頭子有那種關係，而且還是外遇。這到底是怎麼回事，我這輩子第一次覺得姊姊很愚蠢。」伸吾咬牙切齒地說完後，從皮包裡拿出平板電腦，「我很希望是搞錯了，煩惱了很久，決定去確認這件事。」

「怎麼確認？」

「姊姊的手機裡有『J』的手機號碼，我覺得可以打那個電話。」

由里奈聽到他大膽的想法後，忍不住倒吸了一口氣，「你打了嗎？」

「嗯。」伸吾點了點頭，然後開始操作平板電腦。電板電腦立刻傳出聲音，首先聽到了電話鈴聲。

「原本擔心手機已經解約了，但電話順利接通了，在等待的時候，我不由得緊張起來。」伸吾臉上的表情稍微放鬆之後抿緊了雙唇。

鈴聲停止了，隨即傳來一個充滿威嚴的低沉聲音：「喂？哪位？」

伸吾接下來說出的話，完全出乎了由里奈的意料。

「這裡是警視廳。」

由里奈驚訝不已，想要說什麼，但伸吾把食指放在嘴唇上，示意她不要說話。

「警視廳？找我有什麼事？」對方的男人問道，語氣仍然鎮定自若。即使聽到是警察，也完全沒有慌亂。

「因為有事想要請教一下，你認識古芝秋穗小姐吧？她的手機上有你的號碼——」

伸吾的聲音反而緊張起來。

「喂！」對方問道：「你是誰？」

「這裡是警視廳。」

「我在問你名字，你是哪個分局的？」

「麻布分局……」

「麻布？是哪個部門？你叫什麼名字？」

「不好意思。」伸吾說完這句話，就沒有聲音了，應該是掛上了電話。

伸吾一臉懊惱地咬著嘴唇。

「我真的很沒出息。原本以為說是警察，對方會害怕，沒想到完全沒這回事，反而是我畏縮了。每次聽這段內容，就覺得很生氣。」

「你用你姊姊的手機打了那通電話嗎？」

「我用我自己的手機，因為我擔心如果用姊姊的手機，對方會心生警戒，而且我也不怕對方查到是我打的電話，但是，對方沒有任何反應，可能覺得我只是在惡作劇，先不管這些——」伸吾轉頭看向由里奈，「妳之前有沒有聽過剛才那個聲音？如果妳對政治沒興趣，恐怕聽不出來。」

「好像有聽過……」由里奈說了謊。她完全聽不出來。

「是大賀仁策，絕對沒有錯。只要是認識他的人都聽得出來，粗聲粗氣、帶一點口音的語氣，就是他說話的特色。這樣就可以確定，和姊姊在一起的男人，就是那個心術不正的政客。」伸吾用雙手抓著頭，「我無意批評姊姊的生活方式，愛上有家室的男人也沒有關係。雖然我不知道那個男人有什麼優點，大賀身上應該有某些只有姊姊才瞭解的優點。但是，可以允許這種情況發生嗎？對那個政客來說，姊姊可能只是外遇的對象而已，一旦被人知道他外遇，可能會破壞他的形象。既然這樣，一開始就不應該外遇。我姊姊應該是真心愛對方，因為她不是會玩感情的人，而且她一定相信對方也是真心，做夢也不會想到，當自己突然大出血病危時，對方竟然會逃走。」

淚水從伸吾的眼眶滑落下來。由里奈見狀，也忍不住流下了眼淚，她可以深刻體會到伸吾內心的痛苦。

伸吾用面紙擤鼻涕後，用格外冷靜的聲音說：「我還想到另一件事。」

「什麼事？」由里奈問他。

「獎學金的事。因為姊姊幫忙，我獲得了審核條件非常嚴格的獎學金，我想起了當時姊姊曾經對我說的話。她當時說，畢竟是大臣級的人物去打了招呼，絕對不會有問題。」

「大臣……」

「應該就是大賀。」伸吾搖了搖頭，做出投降的姿勢，「我感到天昏地暗，怎麼會這樣？我是靠那個把姊姊置於死地的男人，才能夠讀大學，我必須感謝那個男人嗎？」

「所以你才休學嗎？」

「嗯。」伸吾點了點頭。「我開始思考自己該做什麼，但並沒有什麼都不做的選擇，姊姊是我的恩人，是這個世界上最重要的人。我無法原諒自己看著姊姊被人害死，卻什麼都不做。」

他說，最後他決定復仇，然後看向磁軌砲。

「我也不想做這麼麻煩的事，如果是可以輕易靠近的對象，我會用刀子殺了對方，但正因為無法做到，所以只能用這種東西。」

「……所以你才會來我家的工廠嗎？」

伸吾聽到由里奈的問題，尷尬地陷入了沉默。隔了一會兒，才「嗯」了一聲，「因為磁軌砲必須做得更精巧，才能夠復仇。」

「原來是這樣……」

「對不起。」

由里奈笑著看著他，「你為什麼要道歉？」

伸吾不發一語地偏著頭，可能連他自己也不知道為什麼要道歉。

「我家的工廠可以嗎？」由里奈問。

「啊？」

「你覺得倉坂工機可以嗎？如果去其他工廠，也許可以做出更棒的磁軌砲。」

伸吾終於放鬆了臉上的表情，「沒有比這裡更好的工廠了。」

「真的嗎？聽你這麼說，真是太高興了。」

「我完成了出色的磁軌砲，我很慶幸能在這裡工作。」伸吾說完，看了看磁軌砲，然後轉頭看向由里奈，「妳會去報警嗎？」

由里奈搖了搖頭說：「我怎麼可能做這種事？」

「為什麼？」

「為什麼……因為我不希望你被抓。」

他露出黯然的笑容，「等達到目的之後，我就會去自首。」

「……即使這樣，我也不會報警，這樣比較好吧？」

伸吾垂下雙眼，小聲地說：「對不起。」

由里奈情不自禁地抱住了他，「你為什麼要道歉？你不需要道歉。」

他的手臂摟住了她的身體。

新年之後，伸吾正式開始進行發射實驗。必須在戶外試射，確認其威力和瞄準性能。這當然不是一件簡單的事，必須在沒有人看到的時間，也就是深夜進行。

由里奈等父親達夫他們都入睡之後，拿著工廠的鑰匙溜出家門。伸吾在車上等她，從她手上接過鑰匙後，在工廠內組裝磁軌砲，然後用堆高機載到廂型車的車廂內。之後就是他們的深夜兜風時間，伸吾在白天已經找好了實驗地點，實驗地點必須滿足幾個條件，必須離標的有足夠的距離，同時不能被別人看到。

第一次實驗的夜晚，他們來到茨城。那裡是一片空地，周圍都是農田，星空格外美麗。

實驗的準備工作都由伸吾一個人進行，他說太危險，所以絕對不讓由里奈碰觸。其實在工廠時已經大致裝設完成了，只剩下使用發電器為電容器充電而已。因為發電機很小，所以必須等幾十分鐘，由里奈很期待這幾十分鐘的時間，因為可以利用這段時間好好和伸吾聊天。伸吾並非能言善道，但知識淵博，告訴由里奈很多事，尤其在談論科學時總是充滿熱情，只有那一刻，他好像暫時忘記了復仇的事。

充完電，他再度露出可怕的表情。

第一次的標的是數百公尺外的看板，看板上用片假名寫了藥名。伸吾說，要瞄準其中一個字。

確認四下無人後，他按下了開關。和之前在工廠實驗時一樣，磁軌砲發出巨響和強烈的火花。那道光速度太快，根本無法用肉眼追蹤，也不知道打中了哪裡。

伸吾收拾完畢後，就開車離開了。由里奈問他為什麼不去確認打中哪裡，他回答說：「明天白天再來看。」隔天，他向工廠請了休假。

隔週見面時，伸吾露出了苦笑。

「真傷腦筋，竟然向左側偏離了五公尺。」

「威力呢？」

「威力很驚人。」他豎起大拇指。

之後又多次進行發射實驗，伸吾每次修正之後，磁軌砲的命中率就大幅提升。一直在同一個地方實驗太危險，所以每次都更換地點。

「復仇的時候，也要從這麼遠的地方射擊嗎？」

「對，因為那個人無法輕易靠近。」

「如果他在房子裡，不是就無法瞄準嗎？」

「對啊，所以必須等到他走出戶外的時候。」

「會有這種時候嗎？」

「有啊，根據官網顯示，他會獨自站在一片空地上。」

「官網？」

「嗯。」伸吾點了點頭之後笑著說：「妳不必操心這些事。」

但是，有時候也會發生意外。那一天，伸吾比平時更早開始做準備。他們在隅田川旁的空地上，打算深夜之後再進行發射實驗，但伸吾操作錯誤，不慎發射了。當時還不到晚上十一點。

不巧的是，剛好有一艘屋形船駛過標的前，根據磁軌砲性能設計的射彈打中了那艘船。

當時，伸吾也慌了手腳，在開車逃離現場時，一直很擔心有人受傷。

由里奈也很擔心，但她並不是擔心有人傷亡，而是再度認識到磁軌砲是殺人工具。伸吾一旦使用，就會成為殺人兇手。

她第一次希望伸吾停止，希望這一切趕快結束，希望他忘記復仇的事，開始過正常的生活。

但是，她無法說出口。因為她覺得一旦說出口，就再也無法和伸吾在一起了，然而，不希望伸吾成為殺人兇手的想法越來越強烈。

正當她為這件事煩惱時，長岡修在路上叫住了她。因為是陌生面孔，所以原本打算不理他，但聽到他接下來說的那句話，忍不住停下了腳步。

「妳和古芝兩個人三更半夜在幹什麼？」

由里奈說不出話，長岡笑著遞上了名片，然後向她道歉。

「因為某些原因，我在跟蹤古芝，發現他在下班後離開工廠，吃完飯後又回到工廠，然後妳又出現了，兩個人一起去了其他地方，任何人都會感到奇怪吧？」

由里奈抬眼看著他問：「你是因為什麼原因跟蹤他？」

長岡露出嚴肅的表情說：「我在追一個大牌政治人物的醜聞，結果發現可能和古芝的姊姊有關。」

由里奈聽到「政治人物」這幾個字，立刻有了反應，「是大賀仁策嗎？」

長岡瞪大了眼睛說：「看來妳知道一些事。」

「啊，不……」由里奈心想不妙，自己說了不該說的話。

「如果妳知道什麼，請妳告訴我。別擔心，我不會害妳。」長岡又補充說：「我也不會把你們在三更半夜做的事告訴別人。」

由里奈緊張起來，因為伸吾實驗的事一定要保密。

長岡見她沒有說話，就對她說：「我們找一個地方慢慢聊。」

他們一起去了咖啡店，長岡先說明了自己的情況。他對大賀仁策參與的公共事業產生了懷疑，打算揭發他的各種違法行為，首先打算揭露他的緋聞。

「妳似乎知道大賀仁策的外遇對象就是古芝去世的姊姊，是古芝告訴妳的嗎？」長岡問。

由里奈點了點頭。

「他怎麼告訴妳的？」

「並沒有說詳細的情況……因為我完全不懂政治的事。」她低著頭小聲回答。

「是嗎？不瞞妳說，一個月前，我直接問了古芝，問他是否知道他姊姊和大賀議員之間的事。他回答說，他什麼都不知道，而且還惡狠狠地瞪著我，叫我不要到處打聽這件事。看到他的反應，我確信他在隱瞞什麼事，但也知道恐怕無法從他口中問出任何情況，於是就去其他地方四處打聽，最後還是一無所獲，只好又回到這裡。只不過還是不知道要怎麼接近古芝，所以就等在工廠外，想等他下班再說，結果就看到了你們匪夷所思的行為。我很在意，觀察了幾天，發現雖然不是每天，但你們經常一起出門。」長岡探出身體問：「你們在三更半夜做什麼？」

「這、沒有關係。」

「和什麼沒有關係？」

「和古芝的姊姊去世這件事沒有關係。」

「啊？什麼意思？」長岡皺著眉頭，「和他姊姊去世的事？我並不是在說這個啊，為什麼會扯到他姊姊去世的事？」

我又說錯話了，由里奈心想。留在這裡，會繼續說一些不該說的話。「我先告辭了。」她準備起身離開。

「既然妳不告訴我，那我就只能去問古芝了。」長岡說，「也可以問問倉坂工機的老闆，他女兒和古芝三更半夜都在忙什麼。」

原本已經站起來的由里奈又重新坐回椅子上，「這樣太狡猾了。」

「只要妳告訴我，事情就解決了。」

「但是……我怎麼可以告訴只是因為好奇想知道的人？」

「只是因為好奇？這句話我不能當作沒聽到。」長岡露出可怕的眼神，「我並不是在追八卦而已，而是要揭露大賀仁策這個政策的真面目，要把他的假面具扯下來，妳可不可以助我一臂之力？」

他的話聽起來不像在說謊或是信口開河，由里奈得知他也敵視伸吾痛恨的大賀仁策，稍微放鬆了內心的警戒。

「如果扯下假面目，那個姓大賀的人會怎麼樣？」

「這就要取決於妳告訴我的事，如果不是什麼重大的事，他也不會受到太多影響，但以我的直覺，並不會這樣。妳知道很重大的事，對不對？妳知道和古芝的姊姊死亡有關的事——也許可以讓大賀身敗名裂的事，為什麼要隱瞞？難道妳支持大賀？」

「才不是呢！」由里奈反射性地回答，「我才不支持那種人。」

「既然這樣，就告訴我。俗話說，筆比劍更銳利，壞事就必須有人揭發。」

回想起來，長岡很精通話術。由里奈漸漸動搖了。

由里奈覺得這也許是機會，也許可以阻止伸吾。一旦大賀仁策做的壞事公諸於世，伸吾的憤怒也會稍微平息。而且，一旦大賀遭到逮捕，伸吾就沒有機會殺他了。

「你什麼時候會寫報導？」

長岡的表情突然放鬆了，也許他覺得自己的說服終於奏了效。

「這也必須取決於內容。」

「如果你不趕快寫就傷腦筋了，因為時間不多了。」

「這是怎麼回事？為什麼會有時限？」

由里奈閉口不語，把所有的事都告訴這個男人都沒問題嗎？

「我也是在工作，當然不可能把道聽塗說的消息寫成報導，如果沒有明確的證據，我就沒辦法寫。」

「有證據，伸吾手上有證據。」

長岡目不轉睛地看著由里奈的眼睛，由里奈咬著嘴唇，承受著他強烈的視線。

「那我相信妳的話，我向妳保證，只要有證據，我會盡快寫報導，妳願意告訴我吧？」

由里奈點了點頭，長岡從背包裡拿出一個細長的機器。

「我可以錄音嗎？」

那似乎是錄音筆。想到自己的聲音會留下紀錄，不由得感到緊張，但因為要請他寫報導，所以無法拒絕。「沒問題。」由里奈回答說。

長岡打開錄音筆的開關，從上衣口袋裡拿出一支很粗的原子筆和記事本後對她說：「可以開始了。」

由里奈深呼吸後開了口。

「伸吾的姊姊形同被那個叫大賀的人殺害的。」

長岡瞪大了眼睛，由里奈把之前從伸吾那裡聽說的事告訴了他。雖然無法像伸吾說得那麼有條有理，但她憑著記憶，詳細描述了細節。長岡不時發問，不時做筆記，露出了捕獲獵物般的興奮眼神。

「這件事太震撼了。」長岡看著自己記錄的內容說道，「大賀果然是人渣，這件事必須立刻公諸於世。問題在於證據，妳有沒有辦法拿到他姊姊傳的訊息和大賀那通電話的錄音檔？」
「應該可以。你什麼時候報導？我希望越快越好。」
「妳剛才也說了同樣的話，為什麼沒時間了？」
由里奈用力深呼吸，她告訴自己，只能相信眼前這個姓長岡的人了，然後說出了伸吾的復仇計畫。
長岡聽了，受到很大的衝擊。
「他竟然想做這種事……我能夠理解他的心情。我能不能看看妳說的磁軌砲？當然，這件事不能讓古芝知道。」
由里奈把下一次發射實驗告訴了他。下次實驗將在兩天後進行，標的也已經決定了，就是東京灣填海造陸地上的某個倉庫牆壁。
實驗的隔天，他們在同一家咖啡店見了面。由里奈把隨身碟放在桌上，裡面有和太賀的通話錄音，以及拍攝了古芝秋穗訊息的照片，都是偷偷從伸吾的平板電腦中複製的。
「我收下了。」長岡說完，收起了隨身碟，「我也看到了昨晚的實驗。」
「你覺得怎麼樣？」
「嗯……太驚人了。」長岡的感想很簡短，他似乎想不到其他的詞彙。

前一晚的發射實驗很成功。在一公里以外的對岸堤防上，瞄準了標的的倉庫牆壁。長岡說他站在倉庫旁，拍下了牆壁被射穿的那一幕。

「一旦被那種東西射中，馬上就完蛋了。」

「我無論如何都希望可以阻止他。」

長岡聽了由里奈的話，露出了真摯的眼神。

「我想進一步瞭解磁軌砲的情況。妳之前說，曾經有人指導古芝，妳知道那個人是誰嗎？」

「我知道。是帝都大學一位姓湯川的人，但希望你不要告訴他這件事。」

「我當然知道，接下來就交給我來處理。」

「拜託你了。」由里奈向他鞠了一躬。目前只能靠他了。

沒想到發生了意想不到的事。長岡竟然被人殺害了。由里奈心生恐懼，因為她覺得一定和自己交給他的證據有關。

她只能和一個人商量，於是，做好了挨罵的心理準備，告訴了伸吾，同時還補充說：「因為我不想讓你成為殺人兇手。」

伸吾並沒有生氣，反而向由里奈道歉說：「對不起，讓妳這麼痛苦，我完全沒有發現妳為這件事這麼煩惱。」

伸吾又說：「長岡先生原本想從我這裡瞭解姊姊的事，但我什麼都不說，所以他才會找上妳。我沒想到他跟蹤我，真是太大意了。」
伸吾還說：「這樣下去不太妙。警方可能早晚會盯上我，一旦遭到監視，計畫就泡湯了，必須在此之前採取行動。」
「你打算怎麼辦？」
他想了一下說，只能躲起來。
「今天晚上做最後一次發射實驗，在早上之前重新整備好磁軌砲之後，就會找一個地方躲起來，我會先向公司請病假。」
「你有地方可去嗎？」
「這不是問題，我身上有不少錢，因為姊姊生前買了保險。」
由里奈問了她最關心的問題。「我們以後再也見不到了嗎？」
「嗯，」伸吾偏著頭說：「我也不知道。」
那天晚上進行的最後一次發射實驗以失敗告終。不，在確認性能方面算是成功，但破壞了絕對不能被別人看到的大前提。磁軌砲瞄準了對岸堤防上的紙箱，但因為周圍的照明太暗了，在實際發射時，幾乎什麼都看不到。而且那裡是禁止外人進入的區域，原本以為不會有人，沒想到發射後突然燒了起來。因為距離太遠，完全不知道發生了什麼事，直到看了隔天的晚報才知道，那裡停了一輛機車，剛好打中了機車。因為沒有造成任何人受傷，由里奈鬆了一口氣，但是，她無法和伸吾分享這個心情，因為他從那天早上開始向公司請假。

完成最後一次發射實驗回到工廠時，伸吾第一次親吻她。

「謝謝妳幫了我很多忙。」他注視著由里奈的眼睛說。

「我們絕對還會再見面，對嗎？」

「嗯，希望可以見面。」

「你向我保證，我們可以再見面。」

伸吾沒有向她保證，只是落寞地笑了笑。

22

看到草薙從紙袋裡拿出的芋燒酒酒瓶，湯川臉上不禁露出了笑容。

「太驚訝了，原來是『森伊藏』，你怎麼買到的？我記得要抽籤才能買到，你該不會動用了警察的特權？」

「雖然不是這樣，但的確運用了人脈。這不是違法買到的，你不必客氣，就收下吧。」

「我當然不會跟你客氣。」湯川把酒瓶放在自己的桌子底下，「但是，要感謝我是不是還太早了？事件還沒有破案，不是嗎？目前也不知道殺害長岡先生的兇手到底是誰。」

「你說的對，但考慮到今後的事，我認為必須先討好你一下。而且，能夠問到倉坂由里奈的那些供詞很重要。我也曾經見過她，但沒想到她和這起事件有這麼密切的關係。我太大意了，真的很感謝你，你幫了我的大忙。」

草薙鞠躬道謝，也許是因為他有點反常，湯川似乎有點不知所措，一臉尷尬地抓了抓鼻子。

「根據倉坂由里奈小姐的那些證詞，懷疑古芝伸吾殺了長岡先生果然錯了，所以還是你的主張有道理，所以今天不聊古芝的事，他的事日後再談。」

湯川的臉上掃過一絲陰影，也許他想到了古芝伸吾的苦惱和決心，但他立刻拋開了這些想法，嘴角露出了笑容。

「由里奈小姐的話，對解決長岡先生的命案有幫助嗎？」

「當然有幫助。」草薙把手肘放在工作檯上，「最重要的是倉坂由里奈小姐交給長岡先生的兩項證據，其中一項是古芝伸吾和大賀仁策通話的錄音檔，另一項是古芝秋穗小姐傳給大賀的訊息照片，這兩項證據絕對和事件有關。」

「長岡先生雖然沒有提到古芝的名字，但他斷言自己會負起責任，阻止磁軌砲的製作者做出愚蠢的行為，不知道他打算如何使用這些證據。」

「問題就在這裡，最簡單的方法，就是在某家週刊雜誌的報導中使用這些證據，但目前並沒有發現相關的跡象，還是他打算接下來採取行動？總之，殺了長岡先生的兇手不願意讓這些證據公諸於世。」

「如果是這樣，不是有一個最可疑的對象嗎？」

「你是說大賀仁策嗎？很可惜，並不是他。」草薙揮了揮手背，「長岡先生遭到殺害的那一天，大賀並不在東京。」

「原來他有不在場證明，但他不需要親自動手，不是有很多手下可以幫忙做這種事嗎？」

「我們當然正在調查這些可能性，只不過要在不被大賀的辦公室察覺的情況下調查這些事並不容易。先不管這些，不管兇手是誰，最令人費解的是，兇手為什麼知道長岡先生手上掌握了這些證據？我相信長岡先生在處理這兩項證據時應該很小心謹慎。」

湯川似乎也同意這個疑問，他緩緩點了點頭，然後好像突然想起什麼似地看著草薙。

「由里奈小姐的證詞呢？」

「啊？」

「據她說，長岡先生錄了音，所以我想知道有沒有找到錄音的內容嗎？」

「喔。」草薙點了點頭後，皺起了眉頭，「很遺憾，並沒有找到。錄音檔可能存在平板電腦或手機上，但都被兇手帶走了，而且錄音筆也不見了。」

「是喔，原來是這樣。」湯川摸著嘴，似乎在思考什麼。

「如果可以找到，就可以發揮很大的作用。」

「什麼意思？」

「因為可以證明倉坂由里奈小姐的確說過那些事。」

「難道妳認為她在說謊？」湯川露出很受不了的眼神問。

「我們的工作就是懷疑別人，無論任何事，都必須找出證據。而且，即使她不是故意說謊，也可能忘記或是記錯。一旦有了錄音檔，就可以正確瞭解她當初是怎麼告訴長岡先生的。」

「原來是這樣，既然這樣，我向你透露一件事。」湯川意味深長地微微探出身體，「還有另一支錄音筆錄下了由里奈的聲音。」

「啊？」

「而且這支錄音筆是筆型的。」

「筆型錄音筆？」

「錄音筆有各種不同的款式，你不知道有些錄音筆乍看之下像普通的原子筆嗎？而且也真的可以書寫，但其實是錄音筆。想要偷偷錄音時，使用這款錄音筆很方便。」

「長岡先生也有這種錄音筆嗎？」

「沒錯。」

「你怎麼知道？」

湯川微微起身，然後又重新坐了下來，微微挺起胸膛說：「因為我看過。」

「你看過？在哪裡看過？」

「當然是在這裡。」湯川指著地上說，「長岡先生第一次拿出普通的錄音筆，問我可不可以錄音，我回答說不方便，因為我並沒有答應他可以採訪。」

「長岡先生說什麼？」

「他說知道了，就把錄音筆收了起來，但他並沒有放棄錄音，想要碰觸插在胸前口袋裡的原子筆。於是我對他說，也不要用那支錄音筆。他慌忙想要掩飾，但很快就放棄了，還問我怎麼知道，我告訴他說，我在網路上看過。」

「是喔，原來還有這麼一段故事。」

長岡修一定覺得湯川是一個不好對付的學者。

「寫稿的人同時使用多支錄音筆並不稀奇，大部分時候都是做為備用，在主要使用的錄音筆故障時進行支援，但不知道對方是否同意錄音時，就會故意預藏其中一支。萬一對方拒絕時，就可以使用，長岡先生就是試圖對我使用這一招。」

「原來是這樣，但倉坂由里奈小姐同意錄音，在這種情況下，還會使用那支筆型錄音筆嗎？」

「應該會使用，因為需要以防萬一。」

聽湯川這麼一說，草薙覺得的確有道理，所以也無法反駁。

「我建議你們再去長岡先生的住處好好找一下，」湯川說，「也許可以找到那支筆型錄音筆，兇手雖然帶走很多東西，但那支錄音筆看起來和普通的筆差不多，兇手很可能並沒有察覺，偵查員也可能沒注意。」

「好，那我馬上找人去調查。」草薙站了起來，「沒想到有了意外的收穫。」

「如果真的發現了錄音筆，下次最好送我一瓶『第一樂章』。」

「我會考慮。」草薙走向門口時，突然停下了腳步，轉頭看著湯川說：「古芝伸吾的逮捕令已經下來了，罪名是器物毀損罪和預備殺人罪，因為他尚未成年，所以並沒有發布通緝。」

湯川露出嚴厲的眼神，「所以呢？」

「就這樣而已，我只是想通知你一聲。」

「是嗎？我知道了。」

「這幾天我會和你聯絡，別忘了你已經收了『森伊藏』。那我就先告辭了。」

草薙說完，走出了第十三研究室。

兩小時後，重新去長岡修住處調查的岸谷回報，找到了筆型的錄音筆。那支錄音筆和其他文具一起放在抽屜裡，看起來和普通的原子筆無異，岸谷起初也沒有發現。

「你有沒有聽錄音筆的內容？」草薙在電話中問。

「沒有，因為電池用完了，所以沒辦法聽，必須先充電。」

「好，那你就先帶回來這裡。」

岸谷很快就回來了，看到他遞上的錄音筆，草薙忍不住苦笑起來，「難怪之前沒有發現。」

因為那支錄音筆看起來只是一支普通的黑色按壓式原子筆，雖然看起來頗高級，但並不會感到不自然，一下子也看不出該如何使用。

把錄音檔複製到電腦上之後，草薙找來間宮和內海薰，決定立刻聽內容。在眾所矚目下，擴音器傳來小聲的說話聲，但並不是倉坂由里奈的聲音，而且聽不清楚談話的內容，即使增加了音量，仍然聽不清楚。

「這是怎麼回事？為什麼聽不清楚？」間宮不滿地噘著嘴。

「也許是因為說話的人離錄音筆很遠。」草薙說，「但無論如何，並不是倉坂小姐對長岡先生說話時的錄音，可能是其他採訪的錄音。」

「但也未免太不清楚了。」

「那個，」岸谷輕輕舉起手，「會不會是因為放在抽屜裡的關係？」

草薙聽不懂這句話的意思，看著後輩刑警的臉，岸谷指著錄音筆說：

「我找到這支錄音筆的時候，開關是開著的狀態，我猜想也是因為這個原因，所以電池耗盡了。」

「他忘了關掉就放進了抽屜嗎？」間宮問，「也就是說，裡面的內容並不是故意錄下的，而是剛好錄到的嗎？」

「不，不對，」草薙搖了搖頭，「長岡先生應該故意把這支錄音筆放在抽屜裡，以便錄下他和去他家找他的人之間的對話，所以錄音筆的開關一直開著……」

間宮瞪大了眼睛，「去他家的人殺了他，所以，這是長岡先生和兇手之間的對話？」

「我猜想是這樣。」

間宮把臉湊到電腦前，努力想要聽取對話。草薙也在一旁豎起耳朵，但只聽到男人在說話，除此以外，完全聽不清楚。

「他媽的，完全聽不到。」

間宮咂著嘴說完這句話後，聽到噗通一聲，有什麼東西倒下的聲音，隨即聽不到任何說話的聲音。

草薙吞著口水，和間宮互看了一眼。剛才的撞擊聲是什麼？是不是長岡修被人絞殺，倒在地上時的聲音？

草薙正在想這個問題時，擴音器突然傳來嘈雜的聲音。草薙忍不住後退，聲音立刻停止了。

「剛才的是什麼聲音？」間宮似乎也嚇了一跳。

「不知道。」草薙偏著頭回答時，內海薰說：「再播放一次，我想再聽一次剛才的地方。」

草薙向岸谷使了眼色，岸谷操作電腦，重播了剛才的部分。在第二次聽那些嘈雜的聲音後，草薙也知道了那是什麼。

內海薰似乎胸有成竹，她用力點頭之後，輪流看著間宮和草薙後說：

「這是〈津輕民謠小調〉，我知道有一個人的手機用這首歌做為來電鈴聲。」

23

勝田幹生在警視廳的偵訊室接受偵訊。在要求主動到案說明時，勝田就臉色發白，但始終不承認曾經去過長岡修家中。

「那可不可以請你詳細說明一下三月五日那天的行程？」草薙問。

「我不是說了嗎？那天剛好是店休，我一整天都在家。」

「這件事我們已經知道了，所以希望你可以提供相關證明。即使你一個人住，應該也不至於無法證明，只要告訴我們，那一天附近發生了什麼事，或是有誰曾經去找過你就好。完全沒有嗎？只要有辦法證明，你馬上就可以離開。」

勝田痛苦地陷入了沉默，草薙看到他的太陽穴流下了汗水，確信他就是兇手。

不久之後，就接到了去勝田住家搜索的偵查員回報，在他家發現了長岡修的平板電腦。平板電腦中有古芝伸吾和大賀仁策通電話時的對話錄音、拍攝了古芝秋穗傳的訊息照片，以及和倉坂由里奈對話的錄音檔。
草薙把這些事實告訴了勝田。
「這是怎麼回事？你最近不是只和長岡先生通了電話嗎？為什麼他的平板電腦會在你家？請你用我們也能瞭解的方式好好解釋一下。」
勝田垂頭不語，草薙知道他還無法下定決心。
「勝田先生，」草薙用溫柔的語氣叫了他一聲，「在偵辦的初期階段表現反省的態度對你比較有利。」
勝田緩緩抬起頭，當彼此的視線交會時，草薙對他點了點頭。
「我鬼迷心竅了。」勝田說。
「是啊，我相信是這樣。」草薙順著他說道，「你願意說出詳細的情況吧？」
勝田微微點了點頭後問：「可以給我一杯茶嗎？」
「當然可以——再給勝田先生倒杯茶。」草薙對正在後方做記錄的內海薰說。
勝田的供詞從他加入超級科技城的反對運動開始說起。當初會加入反對運動，是因為某次他像往常一樣去山上採蕈菇，遇到了正在進行調查工程的人。他準備去採蕈菇的地方，竟然被他們擅自列為禁止進入的區域，讓他感到怒不可遏。

因為剛好有反對派的集會，他去參加後，發現了更令人震驚的事。聽說日後將會放置高度輻射性的廢棄物，果真如此的話，即使輻射沒有外洩，也不會有任何人敢吃在附近採集的蕈菇。他決定無論如何，都要阻止這項計畫。

勝田喜歡戶外運動，和各個環保團體也有密切的接觸。他決定和他們合作，大力推動反對運動，不久之後，他成為反對派的中心人物。

經常有人對他說：「勝田先生，自從你加入之後，大家更團結了。」雖然壓力不小，但受人崇拜的感覺並不壞，於是，他更積極投入反對運動。

沒想到情況突然發生了變化。

去年春天，有一個男人來到勝田經營的餐廳。男人點了套餐之後，把勝田叫到自己的桌前，說有重要的事情想和他談一談。

「餐點太好吃了，這一餐太令人滿意了。」男人說完，用餐巾擦了擦嘴。雖然臉上的表情很平靜，但雙眼露出曾經見識過大風大浪的狡猾眼神，皺成花菜狀的耳朵也很可怕。

「多謝誇獎。」勝田向他道謝。

「這麼出色的料理，」男人露出意味深長的眼神看著他，「到底可以供應到什麼時候呢？」

男人的話太出乎意料，勝田驚訝地看著他問：「請問你這句話是什麼意思？」

男人嘴角露出笑容說：

「就是字面上的意思，我只是為你擔心。能夠提供這麼美味餐點的餐廳，如果因為不得已的原因而關門，實在太遺憾了。」

勝田感覺到自己的表情僵硬。對方這句話充滿侮辱，照理說，他應該大聲喝斥，但是，他無法這麼做，只能拚命擠出笑容回答：「我會努力避免這種情況發生。」

「希望你好好努力，但我認為微不足道的努力畢竟有極限，有時候投靠巨大的力量，也是生存的智慧。」說完，他遞上一張名片。男人姓「矢場」，頭銜是建築顧問。

「我不太瞭解你說的意思。」

矢場露出諷刺的笑容，把臉湊到他面前說：

「我掌握了這家餐廳的經營狀態，恕我直言，應該已經到了火燒屁股的狀態。如果你打算放棄這家店，當然沒問題。如果你還想挽救這家店，我可以助你一臂之力——我今天來這裡，就是想要對你說這些話。」

勝田注視著對方的臉問：「你……到底是誰？」

「可不可以改天再說詳細的情況？我只能告訴你，我的存在，對你並沒有壞處。」矢場說完後站了起來，「改天我會再聯絡你，謝謝招待。」

那天之後，勝田整天想著矢場說的那些話。

那個男人洞悉了勝田餐廳的實際情況。

餐廳剛開張時，廚師用親自採集的蕈菇製作料理引起討論，餐廳也總是賓客盈門。早知道當時應該腳踏實地做生意，但他太貪心了，擴建了餐廳，增加座位擴大經營，種下了敗因。流行很快就過去了，空蕩蕩的餐廳讓回頭客也不再願意上門，以低價提供美味餐點的經營理念無法償還為擴建而欠下的債務，當他回過神時，發現已經債台高築，他走投無路，如果不趕快採取措施，就必須結束營業。

不久之後，又接到了矢場的電話。他們在一家外觀看起來像民宅的高級日本餐廳見了面，矢場立刻表明了自己的身分，他負責超級科技城計畫推動工作的涉外業務。

勝田不知所措，矢場對他露出可怕的笑聲說：

「你一定覺得很奇怪，但你不妨認為正因為把你視為反對派的領導人，才會有這種好事找上門，對你來說的好事。」

「怎樣的好事？」勝田不由得緊張地問。

「就是我可以協助你重整餐廳，當然，並不是無條件協助。」

「你說的條件，該不會……要我向促進派倒戈？」

看到矢場露齒一笑，勝田知道自己猜對了，他立刻站起來說——「我告辭了。你別看錯了，難道你以為我會被金錢收買嗎？」

「那什麼可以打動你呢？你參加反對運動的目的是什麼？最初不是擔心你的蕈菇料理不受歡迎嗎？那不就是為了生意，為了金錢嗎？所以我才打算用補償金和你達成協議。」

「補償金？」

「沒錯，補償金，這並不是非法的錢。來，你先坐下，我們好好談一談。」

勝田重新在坐墊上坐了下來，但也許這一剎那，勝負就已決定。

矢場提出的條件並不是只要他向促進派倒戈，相反地，還說可以像之前一樣，持續進行反對運動。

「但是，」矢場為勝田的杯子裡倒了啤酒，「希望你向我們提供情報。」

「情報？」

「有關反對派的情報，像是準備舉行什麼活動，有哪些人參加，只要偷偷告訴我這些事就行了，除此之外，不需要做任何事。你可以像之前一樣，繼續和反對派的人來往，這麼一來，就不必擔心別人說你是叛徒了。」

矢場做為條件交換提出的金額很迷人，一旦有了這筆錢，就可以度過眼前的難關。勝田動搖了。

矢場乘勝追擊。

「反對運動完全沒有問題，有反對運動，大家才能夠充分討論，問題在於如何見好就收。勝田先生，你應該也知道，你們打的是一場沒有贏面的仗，反對派也早晚會偃旗息鼓，重要的是時機問題。一旦誤判了形勢，到時候就什麼都得不到，一分錢都拿不到，這樣也沒關係嗎？」

矢場的每一句話都動搖了勝田的心情。

矢場識破了勝田的本質。大部分參加反對派的人純粹是希望保護自然環境，但勝田不一樣。正如矢場所說，當初只是基於生意會受到影響的危機感而參加，所以一直希望如果有補償金，自己也可以坐上談判桌。

「我也許無法提供什麼重要的情報。」

矢場聽了勝田的話，笑了起來。

「這樣也很好啊，因為這代表反對運動逐漸衰退，所以，我們的交易成立了，對嗎？太好了，太好了，我就知道你很有遠見，一定會接受。來，喝酒喝酒，這家餐廳有很多好酒，盡情地喝，別客氣。」

這天之後，勝田的立場一百八十度轉彎，成為促進派的奸細。只有留在中樞，才能掌握反對運動的詳細情況，所以他比之前更積極投入反對運動。

曾經接獲線報，在已經開始動工的地方，有卡車進入了基於環保觀點而禁止車輛通行的區域，反對運動的成員立刻趕往現場，想要拍下照片蒐證，卻完全沒有看到任何貨車通行，而且完全消除了車輛行駛後在地面留下的痕跡。這當然是因為勝田通知了矢場的關係，接獲使用違法藥劑讓草枯死的線報時，他也立刻打電話給矢場。

除了反對活動的相關消息以外，他還向矢場報告了反對派成員的情況。原本積極強硬的成員紛紛像梳子斷齒般，一個一個退出了。這些人一定是分別遭到收買了。

今年之後，可以明顯感受到反對運動已經過了顛峰時期，最近根本沒有像樣的活動，士氣也越來越低迷。

但是，勝田感到焦慮不已，因為餐廳的經營仍然不理想。之前向矢場索取的報酬只能讓他暫時度過難關而已，他猶豫再三，決定去向矢場要錢。

沒想到久違的矢場態度很冷淡。

「勝田先生，你沒有提供任何消息，卻要我付你錢，是不是想得太天真了？」矢場撇著嘴角說道。

「但因為我的關係，反對派才漸漸變得安分，所以多少——」

「勝田先生，」矢場露出冷酷的眼神瞪著他，「你不要不識相，小心我們會告訴大家你是奸細，因為我們根本無所謂。」

勝田無言以對，矢場把手放在他的肩上。

「如果你掌握了什麼重要的消息，歡迎隨時來找我，我也隨時願意付錢。」

聽到矢場用低沉的聲音說這句話，勝田知道自己只是被矢場利用，利用完之後，就被拋棄了。

差不多就在那個時候，他接到了長岡修的電話。

勝田很不擅長和長岡打交道。長岡雖然是反對派，但大部分時間都單獨行動，而且比任何人更瞭解超級科技城的計畫，也瞭解哪些派系以怎樣的方式勾結，懷疑這是只有一部分人得利的計畫。尤其最近更將目標鎖定大賀仁策，只不過勝田並不知道他手上掌握了什麼王牌。

長岡在電話中說：

「我掌握了有關大賀仁策的重要消息，搞不好可以讓他從第一線消失。」

長岡在電話中興奮地對他說，並希望和他詳談，問他近期是否有時間。

勝田當然沒有理由拒絕，反而希望趕快瞭解情況。重要消息到底是什麼消息？一個自由撰稿人，能夠讓大賀這樣的大人物栽跟斗嗎？

長岡說，因為不希望被別人聽到，所以約他去家裡談。於是，勝田在三月五日店休的那一天，去東京和長岡見面。

一見面，還來不及打招呼，長岡就拿出平板電腦，沒有說明任何事，就播放了錄音檔。

錄音檔是兩個男人的對話，似乎是電話的錄音。其中一個男人聽起來很年輕，但聲音很陌生。聽到另一個人的聲音時，勝田全身緊張起來，因為那正是大賀仁策的聲音。

他因為太驚訝，完全沒有仔細聽談話的內容。長岡可能察覺了這件事，又播放了一次。

這次他終於聽清楚了。一個自稱是警察的年輕男人向大賀仁策打聽名叫古芝秋穗的女人，那個應該是大賀仁策的年長男人斥責了年輕人。

勝田問長岡，這是怎麼回事。長岡露齒一笑，然後說出了令人驚愕的事。

專門跑大賀相關新聞的女記者古芝秋穗其實是他的情婦，她去年四月，在東京都一家飯店猝死，雖然當時還可以救活，但很可能因為和她在一起的大賀逃走了，所以導致她送了命。

古芝秋穗的弟弟察覺了真相，所以打電話給大賀。錄音檔就是當時談話的內容，古芝秋穗的弟弟應該從姊姊的手機中查到了大賀的電話。

勝田問他，怎麼掌握到這些消息？長岡只回答說，是透過特殊的管道。

「這絕對不是捏造出來的假消息，是透過古芝秋穗弟弟身邊的人拿到的。雖然我很希望直接向她弟弟瞭解情況，但目前因為有點狀況，所以無法做到。不過，不必擔心，我還有其他證據。比方說，我還有這個。」

長岡向他出示了一張照片，照片似乎是手機傳的訊息，上面只有「是１８２０」的主旨。長岡說，這是古芝秋穗傳給大賀的訊息，她去世時的飯店房間正是１８２０室。

「那個人告訴我這些事時，我也錄了音，而且那個人也同意我寫報導，確切地說，是迫切希望我寫成報導。」

勝田聽完長岡的話，不由得陷入了混亂。他說的重要消息是和女人的緋聞嗎？太出乎意料了，原本還以為是和金錢有關的事。

勝田問長岡，打算什麼時候公布。長岡回答說，等準備妥當之後就公布。

「因為這次的目標非同小可，所以必須謹慎行事。目前正在檢討該和哪家雜誌社的編輯部談，因為不可能交給中途會退縮的雜誌社。」

長岡還補充說，他目前還沒有向任何人提過這件事。

勝田暗自思考，這件事的確很震撼，也認為矢場願意為這件事付錢。因為大賀一旦栽跟斗，就會對超級科技城的計畫造成重大的影響。

但是，如果等報導刊登出來之後，就為時太晚了，這個消息就失去了價值。

「可不可以先暫時不要報導？」勝田說，「因為我想回去和大家討論一下。」

長岡眨了眨眼睛，似乎對勝田的話感到很意外。

「和大家討論什麼？大賀的緋聞公諸於世，對你們絕對有正面的幫助，而且這和超級科技城計畫並沒有直接的關係，而是大賀的私事，原本和你無關，我是基於好心才告訴你。」

「但是，」勝田說話的聲音也變了，「我們也有安排，反對運動的最高原則就是必須彼此合作，希望你不要擅自行動。」

「什麼安排？我哪裡擅自行動了？你說話真奇怪。」長岡說完之後，目不轉睛地盯著勝田說：「怎麼了？你為什麼露出這麼害怕的表情？難道會對你有什麼影響嗎？看你的態度，真的開始在意之前聽到的傳聞，說起來，那個傳聞還真奇怪。」

「奇怪的傳聞？」

「是在你的老家聽到的，有人說，勝田幹生向促進派倒戈了，不，甚至有人說，你原本就是促進派的奸細。你是奸細，把反對派的消息都透露給敵人。」

勝田努力掩飾內心的慌亂。

「太荒唐了，怎麼可能有這種事？」

雖然他拚命辯解，但還是瞞不過長岡。

「勝田先生，」長岡叫他的聲音很冷淡，「你要不要實話實說？這樣我倒是有一個提議。」

「提議？」

「所以，你承認自己是奸細了？」

「這、我不知道你在說什麼……」

「哼。」長岡用鼻子哼了一下，「好吧，先聽我說。在目前的階段，也可以報導大賀的緋聞，但我希望再加強一下，希望掌握讓大賀無法辯解的證據。所以我提議，你可以把這些消息透露給對方。」

「我說了，我不是奸細——」

「先聽我說，你不能像以前一樣只和小人物見面，我看你八成是和業主方面僱用的談判角色見面吧？這樣不行，如果可以，要和大賀本人，至少也要和秘書層級的人見面。對方一定會慌張，無論如何都想要壓下這個消息。接下來，你就要發揮真正的功能，我希望你告訴我對方會採取什麼手段，最好能夠同時掌握證據。如果有證據，我的報導就完美無缺了，也就是說，你不是奸細，而是雙面奸細，以最終的結果來說，你並沒有背叛反對派，到時候你就成為英雄。我這個提議怎麼樣？」

長岡的話讓勝田更加混亂了。自己不是奸細，而是雙面奸細，而且可以成為英雄——這樣好嗎？

當然不好。

對勝田來說，大賀仁策的事根本不重要，超級科技城的事也不重要。重要的是債務問題，他現在需要錢。

無論如何，不能就這樣回去，必須採取某些措施。勝田心想。他想要長岡掌握的消息，但如果無法阻止長岡，就失去了意義。

勝田的眼角看到一樣東西，那是一條領帶。長岡脫下的西裝、襯衫和領帶隨意掛在辦公桌前的椅子椅背上。

「我再去為你倒一杯咖啡，你可以慢慢思考，反正我們有足夠的時間。」長岡說完後站了起來，背對著他。

現在是唯一的機會，一旦錯過這個機會，自己就會身敗名裂——

他拿起領帶，從長岡後方攻擊。他用領帶繞住長岡的脖子，在脖子後方交叉，用力拉扯。長岡發出呻吟，雙腿跪在地上。勝田在用力拉扯領帶的同時，把超過九十公斤的身體壓向長岡的後背。

長岡拚命抵抗，他搖晃著身體，試圖甩開勝田的身體。勝田當然不能讓他逃脫，一旦失敗，自己就完蛋了。

他不記得到底用領帶勒了多久，當回過神時，長岡已經一動也不動了。長岡原本跪在地上，如今伸直雙腳，趴在地上。

勝田戰戰兢兢地看著他的臉，發現長岡睜著雙眼，張開的嘴巴流了大量口水，已經停止了呼吸。

他跌坐在地上發呆，完全沒有殺了人的感覺。雖然他行了兇，但完全不知道發生了什麼事。

手機突然響了，是〈津輕民謠小調〉。他慌忙接了電話，是信用金庫的行員。他對行員說，晚一點再回撥，立刻掛上了電話。

他聞到一股異臭，是尿的臭味，長岡的大腿之間濕了。

勝田終於知道自己該做什麼，他站了起來，伸手拿起一旁的面紙盒，抽出幾張面紙，擦拭自己曾經碰觸過的地方，擦拭後的面紙也沒有丟進垃圾桶，而是放進自己的皮包，因為他覺得這也可能成為線索。他把自己喝過的咖啡杯也放進了皮包，否則一旦驗出自己的唾液就慘了。他小心翼翼地從長岡的脖子上拿下做為凶器使用的領帶，放進了皮包。

旁邊有一個背包，他小心謹慎地翻了起來，以免留下指紋。他在皮包裡發現了記事本和數位相機，連同平板電腦和手機一起，放進了自己的皮包。桌子上放著長岡剛才說「我也錄了音」的錄音筆，他當然也一起放進了自己的皮包，完全沒有想到長岡還藏了另一支錄音筆。

他抱著皮包，離開長岡的家，鎖上了門，盡可能不碰觸任何地方。在走去車站的途中，把房間鑰匙和長岡的手機一起丟進河裡，因為他怕手機的GPS會追蹤到自己。

回程的列車上，他才開始感到害怕。長岡死後的眼神深深烙在他腦海中，始終揮之不去。

雖然他為了得到這個情報不惜殺了人，但他並沒有立刻交給矢場，因為他打算等長岡命案的偵辦工作告一段落之後再說。

奇怪的是，他完全沒有想到那可能是自己遭到逮捕的時候。

24

湯川聽完薰的報告，面帶愁容的表情也沒有絲毫的變化。他坐在椅子上，目不轉睛地看向窗外。他的手上拿著裝了即溶咖啡的馬克杯，但從剛才開始，就一直沒有舉到嘴邊。

「湯川老師，」薰對著他的背影叫了一聲，「太好了，古芝同學的嫌疑終於完全澄清了。」

湯川難得用緩慢的動作轉過頭，喝了一口咖啡。可能咖啡已經冷掉的關係，他皺起眉頭，把馬克杯放在旁邊的工作檯上。

「如果妳說的是長岡先生遇害這件事，就完全沒有意義。我說了很多次，我從來不曾在這件事上懷疑過他。」

「是啊，古芝同學和長岡先生的命案毫無關係，但他正打算引發一起新的事件，我相信老師應該也不會否認這件事。」

湯川沒有回答，露出沉痛的表情坐在工作檯上，目不轉睛地看著半空，在那視線前方，應該看到了愛徒的身影。

「這是警視廳的委託，」薰說，「明天清早，最好從今天晚上開始，請你和我一起去一個地方。」

湯川抬起頭，嘴角露出一抹笑容，「邀我約會嗎？地點在哪裡？」

「光原町。」

湯川更加滿面愁容，他拿下眼鏡，粗暴地丟在一旁。

「超級科技城嗎……」

「我之前不是曾經向你提過嗎？明天就要舉行奠基典禮了。大賀議員也會出席，你之前不是說用磁軌砲狙擊，在技術上並非不可能嗎？目前你仍然這麼認為嗎？」

「對，在技術上有可能。」

「既然這樣，希望你和我一起去，請你向我們提供建議。」

湯川搖了搖手說：

「沒這個必要，只要向大賀議員說明情況，請他不要參加就解決了。」

「你說的對，所以目前也朝向這個方向努力，但並不知道議員會不會同意。因為超級科技城是議員的誓願，我的上司認為，恐怕很難說服他。」

「即使這樣，我也沒必要去，因為只要檢查每一輛有辦法載運磁軌砲的車輛就好。你們運用人海戰術，就可以解決這個問題。」

「當然會這麼做，所以已經和當地縣警合作加強警備，但目前還不知道會發生什麼事。古芝同學不是很聰明嗎？也許他不會採取會被人輕易找到的方法。」

「他的確是一個聰明的年輕人……」湯川痛苦地皺著眉頭，用拳頭敲著工作檯，「但希望他在犯罪方面笨一點，發現難以順利完成，然後主動放棄。」湯川低吟道，薰以前從來沒有聽過他用這種聲音說話。

「請你阻止他，」薰說：「老師，只有你能夠阻止他。」

「如果有人能夠阻止他……那不會是我。」

「那是誰？」

湯川站起來，面對薰說：

「我希望妳和我去一個地方，如果有警察證，辦事就方便多了。」

「去哪裡？」

「妳跟我來就知道了。」

一個小時後，薰和湯川一起出現在新宿某家公司的會客室。這家公司名叫曉重工，專門生產起重機和推土機等重型建築機械。湯川說，古芝伸吾的父親惠介生前在這家公司任職。

湯川說，來這家公司的目的是為了「阻止古芝」，因為湯川認為這裡有可以讓古芝改變主意的東西。

薰看著手錶，來到這間會客室已經超過十分鐘，剛才對總務部的人說，想要找和古芝惠介先生很熟的人，如果可以，也想要看一下他當時工作上的資料。

聽到敲門聲，薰回答「請進」後站了起來，身旁的湯川也站了起來。

門打開了，總務部的田村探頭進來，薰和湯川剛才已經見過他了。

「有一位同事當時和古芝先生在同一個部門，我請他過來了……」

「謝謝，請那位先生進來。」薰說。

田村向門外點了點頭，一個年約五十五、六歲，看起來很老實的男人走了進來，手上拎了一個紙袋。

交換名片之後，相互打了招呼。那個男人姓宮本，在海外事業部任職，曾經多次和古芝惠介一起工作。

薰告訴他們，今天登門拜訪，是為了尋找失蹤的古芝伸吾，當然沒有提及正在進行哪一起案子的偵辦工作。

「我是古芝伸吾同學的高中學長，和他有一點交情。」湯川開口說道，「內海小姐問我是否知道古芝同學的下落，我想到了這家公司。因為他很尊敬他的父親，夢想成為像他父親一樣的技術人員。」

「是嗎？但古芝先生在五年前就去世了，這裡恐怕沒有任何和他兒子下落有關的線索。」

「也許是這樣，但古芝同學經常說，希望有朝一日，可以親眼見識一下父親之前做什麼工作，所以我在想，也許看一下古芝惠介先生生前工作的資料，可以找到一些線索。」

宮本聽了湯川的話，恍然大悟地點了點頭。

「原來是這樣啊，這些就是我和古芝先生一起合作的案子的資料。」他從紙袋中拿出厚實的資料夾，「但工作的地點並不是日本。」

「我知道，是柬埔寨，對吧？」

湯川輕鬆地回答，薰掩飾著內心的緊張，注視著他的臉，她之前完全不知道這件事。

「原來你知道，是他兒子告訴你的吧？」

「不，是他女兒……古芝伸吾同學的姊姊告訴我的。」

「你認為古芝先生的兒子可能去了柬埔寨嗎？」

「不知道，我只是覺得無法排除這個可能，我可以看這些資料嗎？」

「喔……請便。」

「那我來拜讀一下。」湯川說著，伸手拿起資料夾。

湯川開始看資料後，薰問宮本：「可以請教一下，你之前有沒有聽古芝先生提過他兒子？」

「有啊，聽說他兒子很爭氣。」宮本雙眼發亮地說。

「他是怎麼說的？」

「他經常說不需要在兒子身上花費太多教育費，他兒子好奇心很強，會主動看書，遇到不懂的問題也會主動查資料，完全不需要讀補習班。只是兒子經常在家裡做科學實驗，所以很危險。聽說他小時候曾經試圖把燈泡連在家用電源上，古芝先生在說這些事時，也總是眉飛色舞。」宮本露出充滿感傷和懷念的表情說道。

薰瞥了一眼正在一旁專心看資料的人，想像著他小時候，應該也差不多。

這時，湯川突然抬起頭。

「我可以影印這一頁嗎？」

「啊？」宮本微微站了起來，「哪一頁？」

「這裡，這份報告後記的部分。」

宮本皺著眉頭，瀏覽了內容。田村也在一旁探頭張望。

「這部分的內容並沒有涉及實驗數據和研究結果。」宮本和田村互看了一眼之後，對湯川點了點頭，「應該沒有問題，這一頁內容有幫助嗎？」

「目前還不知道，但我覺得可能有幫助，我可以借用一下影印機嗎？」

「不，我去幫你影印。」田村拿起資料夾，走出了會客室。

「對了，」湯川問宮本，「古芝惠介先生是怎樣的人？」

宮本想了一下之後回答說：「總的來說，是很有活力的人。他凡事都不妥協，做任何事都會全力以赴。」

「原來是這樣，我聽古芝先生的女兒說，他是在中途轉職到這家公司。」湯川再度說了薰不知道的事。

「是啊，聽說他之前好像在一家美國企業，在那裡工作十年後回國，進了這家公司。」

「古芝先生是否曾經向你提過以前的公司或工作？」

「沒有，」宮本噘著嘴，偏著頭說：「他幾乎沒有提過。即使我問他，他也都沒有正面回應，所以我猜想他可能在那裡有什麼不愉快的經驗，才會離職回到日本。」

「是這樣啊。」湯川附和時，門打開了，田村拿著資料夾和影本走了進來。

25

聽到敲門聲，他坐在椅子上回答：「請進。」門打開了，鵜飼精明的臉探頭進來說：

「刑事部長已經離開了嗎？」

「對。」大賀回答說。「因為我明確拒絕了，他很傷腦筋。」

「他還是希望您不要出席嗎？」

「他說希望我在室內致詞。太可笑了，奠基典禮當然要在戶外進行，既然這樣，致詞也要在戶外。」

「我認為這是正確的決定。」

「我對他說，既然已經知道兇嫌，只要加強警戒就好，而且天下無敵的大賀仁策，怎麼可能因為害怕一個小毛頭而躲起來。」

「言之有理。」

「明天按照原定計畫進行，沒問題吧？」

「沒問題，我已經安排好了，我按原定計畫來接您。」

「嗯，那就拜託了。」

「那我先告辭了。」鵜飼準備走向門口，大賀叫住了他。

「你要考慮一下萬一消息走漏時的補救措施。」

鵜飼緩緩轉過頭。

「您是指遭到殺害的狗仔挖到的消息嗎？」

「沒錯，雖然刑事部長說消息不會走漏，但不能靠他們。」

「是啊，有道理。」

「萬一被媒體知道了怎麼辦？你覺得我堅稱並不知道對方身體不舒服就好嗎？」

「不，」鵜飼在大賀面前輕輕搖了搖頭，「這並不妥當，雖然沒有罪責，但會嚴重影響您的形象，因為民眾一定不會相信，而且緋聞也會有負面影響。」

「那該怎麼辦？」

「我想一想，」鵜飼嘀咕後，站在那裡一動也不動，頻頻眨著眼睛，「我會準備替身，就說是您以外的其他人和那名女子交往。當時那個人借用了您的手機，所以那天晚上，訊息也傳到了那支手機上，這樣應該就可以解決了。」

「有道理，但有辦法找到合適的替身嗎？」

「我會想辦法，萬一找不到，我會扛起來。」鵜飼用輕鬆的口吻回答。

大賀一時說不出話，隨即告訴自己，不能在下屬的決心面前動搖，鎮定自若地點了點頭說：「嗯，到時候就拜託了。」

「我可以告辭了嗎？」

「嗯……喔，鵜飼，」大賀想了一下後，緩緩開了口，「當時的判斷沒錯吧？」

鵜飼微微張開一對小眼睛。

「當然啊，您做出了最正確的決定，所以到目前為止，都沒有發生任何問題，明天之後也不會有任何問題。」

大賀點了點頭，「聽你這麼一說，我就放心了。」

「我認為，」鵜飼繼續說道，「從某種意義上來說，您在那天晚上之後，才成為政治家。」他那雙細線般的眼睛露出可怕的眼神，「真正的政治家。」

「真正的……嗯，也許吧。」

「請您好好休息。」鵜飼恭敬地鞠了一躬，走了出去。

大賀打開書桌的抽屜，裡面有一盒巧克力。他拿起一顆，打開包裝紙放進嘴裡。他愛喝酒，也酷愛甜點。

自從古芝秋穗在情人節送了他GODIVA巧克力之後，他就愛上了這種巧克力。一打開盒子，裡面是五彩包裝的圓形巧克力，簡直就像是一顆顆寶石。

「是不是很棒？吃好吃的東西，也要為眼睛補一補。您平時看太多髒東西了，眼睛應該營養不良。」秋穗說完，調皮地向他擠眉弄眼。

「什麼髒東西？我什麼時候看了髒東西？」

「您不是整天都在看許許多多議員的嘴臉嗎？從他們掛在臉上的笑容，可以感覺到他們隨時想要扯對方的後腿，或是置政敵於死地。每天接觸這種嘴臉，遇到正常的事物，也會變得扭曲。最好的證明，就是即使當您面對純粹的善意時，也會情不自禁地想太多，懷疑對方是不是在打什麼鬼主意，不知道是否該相信對方，這就是因為您平時看太多髒東西的關係。」

「政治家必須多疑，但按照妳的理論，我的臉不是也很髒嗎？」

「沒錯，哇，這下子慘了，要把全世界的鏡子都砸爛了。」秋穗拍著手，在床上大聲笑了起來。

秋穗是個開朗的女人，她的開朗不知道療癒、激勵了他多少次。不用她提醒，大賀也知道，政治的世界是連續不斷的精神戰，有時候必須面對葫蘆裡不知道在賣什麼藥的對手進行談判，必要時，必須扮黑臉。為了推動超級科技城，他也採取了強硬的手段，應該有不少仇人。面對強大的敵視和憎恨，任何人都不可能保持平靜，自己也經常感到疲憊無力。這種時候，只要見到秋穗，內心就會湧起勇氣，產生明天也要繼續前進的動力。

大賀第一次見到秋穗時，就很中意她。一方面是因為她的外表很迷人，但她無所畏懼的爽朗性格更吸引人。雖然她是菜鳥記者，面對大賀也直言不諱，當大賀斥責她：「妳連這種事都不知道嗎？」她嘟著嘴反駁說：「正因為知道，才會向您請教，您的行為不是違反您當初的承諾嗎？」雖然大賀覺得這個小女生很狂妄，但比起那些只會阿諛奉承，認為只要寫一些對自己有利的報導就可以交差了事的記者，和她打交道開心多了。

但是，秋穗並非只有活潑開朗而已，她更是一個厲害的狠角色。

有一次，當他們單獨相處時，大賀對她說，想和她上床。大賀當然是認真的，但猜想八成會遭到拒絕。

沒想到秋穗的反應出乎他的意料，她目不轉睛地看著大賀的臉問他：「有什麼條件？」

「條件？難道妳想要錢嗎？」

她露出無奈的表情搖了搖頭說：

「這不就和妓女一樣了嗎？如果是這樣，請您去泡泡浴店找女人。我說的並不是這種條件，而是認為既然要發展為特殊的關係，就必須建立遊戲規則。因為您無意和您太太離婚吧？我也不想被捲入麻煩，而且，如果我愛上別人，可能會去嫁人。所以說，條件就是絕對不能讓別人知道我們的關係，而且彼此不能束縛。」

原來是這樣，大賀不由得感到佩服，也再度發現她是個聰明的女人。

不久之後，他們就發展為親密的關係。大賀曾經在床上問她，是不是喜歡自己？

「我覺得可以和您上床。」秋穗向來不說真心話，始終發揮了高超的手腕。

因為秋穗是專門跑大賀相關新聞的記者，他們隨時可以見面，但每個月只幽會一到兩次。主要都用訊息的方式聯絡，大賀還特地為此買了新的手機。

秋穗為了避免他們的關係曝光，平時也都格外小心謹慎。

「為了以防萬一，您絕對不能在訊息中提到自己的名字，也不能提到我的名字，否則萬一手機遺失，被人看到就慘了。有一半的選票掌握在女人手上，政治家絕對不能在女人的問題上栽跟斗。無論是日本的首相，還是美國總統，都曾經因為女人的問題而毀了自己的政治前途。」年紀可以當大賀女兒的情婦在床上提醒他這些事。

大賀意外的是，秋穗並不會向他索取獨家新聞。雖然大賀手上隨時掌握了大量獨家消息，但她向來不會主動打聽或刺探。大賀曾經問過她這件事，秋穗立刻板著臉說：

「我不是說了嗎？這樣不就和妓女差不多？」

她說話時露出憤怒的眼神，大賀慌忙起身，在床上跪著向她道歉。

雖然秋穗不會主動打聽，但大賀有時候主動會透露一些消息給她。一方面是希望偶爾給她幾則獨家，有時候也是基於政治策略的操作。這種時候，她不會拒絕，而是巧妙地運用在工作上。雖然他們的關係沒有曝光，但可能有人猜到了她的消息來源，所以才會出現一些懷疑他們之間關係的傳聞。

大賀最常談論超級科技城計畫的對象無疑就是秋穗，無論是對外公布的事、尚未公布的事、已經廢棄的內容，幾乎都告訴了秋穗。

「我提議使用超小型磁浮列車做為各設施之間移動的交通工具，希望可以開發十個人左右搭乘的小型列車，在科技城內來來往往。參觀者也可以付費使用，妳不覺得光是想像一下，就充滿夢想嗎？但負責交通系統的人猶豫不決，一下子說技術上有難度，一下子又說沒有預算，最後甚至說，可以用電動車做為交通工具。他根本搞錯了重點，超級科技城必須有未來感，在當今的時代，電動車會有未來的感覺嗎？那些人根本搞不清楚狀況。」

秋穗聽了大賀的抱怨，在他的臂彎中笑了起來。大賀問她，有什麼好笑的，她回答說，不是好笑，而是感到很高興。

「只要說到超級科技城，您就像是小孩子。您變成一個小孩子，不斷訴說您的夢想，我很高興。因為您平時都很嚴肅，也很務實，說一些沒有夢想的話。」

「妳在說什麼啊，我當然有夢想。」

「所以我才感到放心啊，這個計畫會順利嗎？聽說反對運動很激烈。」

「那些事，都交給當地的後援會在處理。池端會長人脈很廣，是很能幹的智多星，我相信他會和業主合作，處理好這些問題。」

「但是，你又要被當成壞人了。」

「這是我的工作，所以也無可奈何。」大賀撫摸著秋穗的頭髮繼續說道，「保護美麗的大自然和稀有的野生動物固然重要，但光是做環保工作，人類無法生存。我們國家必須以科學技術為武器，等到數十年後，再來後悔當初應該那樣做就來不及了，所以必須有人承擔責任。」

掌握科學的人就能夠掌握世界——

秋穗輕輕把手放在大賀的胸前小聲地說。

大賀問她在說什麼，她回答說，可以讓所有人得到幸福的咒語。

大賀覺得和秋穗之間建立了理想的關係，這段關係對雙方都有利，雙方都沒有勉強。他們交往了兩年。

他們主要在三家飯店幽會，那家飯店就是其中的一家，從地下停車場可以直達客房的設計很方便。

在他即將駛入停車場前，接到了秋穗的訊息。訊息一如往常，主旨為「是1820」，沒有內文。他停好車，立刻前往客房。

走進客房時，秋穗笑臉相迎，但似乎有點不太對勁。她的氣色很差，看起來很不舒服。大賀問她怎麼了，她回答說沒事。

從冰箱裡拿出啤酒，倒在杯子中，兩個人喝了起來，但秋穗隨即說她肚子痛，而且痛的方式很不尋常。

大賀讓她躺在床上，但痛苦並沒有緩和。她的臉色越來越蒼白，大賀看向她的下腹部，立刻大驚失色，因為她的下腹流了很多血，即使問她怎麼了，她也只是無力地呻吟，無法回答。

大賀不知如何是好，立刻打電話給鵜飼，只有鵜飼知道他們的關係。

他簡短地說明情況後，問鵜飼該怎麼辦。

請您立刻離開——鵜飼回答說。

「不需要打電話去醫院嗎？」

「不可以這麼做，也不要打電話到飯店櫃檯。」

「為什麼？」

「因為一旦這麼做，您就必須繼續留在那裡。」

「打完電話離開不就行了嗎？」

「不行。如果打了電話卻離開，萬一之後發現是您，就百口莫辯了。您沒有發現任何異常，就離開了那個房間。古芝小姐是在您離開之後，身體發生了問題，所以，您沒有打任何電話通報，必須當作是這麼一回事。」

大賀能夠理解鵜飼的意思，只有離開現場，才能繼續隱瞞和秋穗之間的關係。即使他們的關係曝光，也絕對不能讓別人知道自己逃走了。

「但如果不馬上急救，她可能會死。」

「果真如此的話，」鵜飼用淡漠的語氣說，「那也是無可奈何的事。因為她一個人在房間，身旁並沒有任何人。」

「但是——」

「議員，」鵜飼用冷酷的聲音小聲地說：「您應該瞭解，目前是多麼關鍵的時期。超級科技城計畫正逐步進行，這將是您在政治上更上一層樓的機會，您必須坐上大位。難道要眼睜睜地看著首相的寶座離您而去嗎？不，不光是這樣，一旦緋聞以這種方式曝光，將完全斷絕您的首相之路，搞不好之後都無法出現在政治舞台上。議員，您或許覺得這樣也無妨，但我們該怎麼辦？有一大票人馬上會走投無路。您聽我說，您必須記住，大賀仁策早就不是一個人而已，是一個團隊。」

大賀握緊電話，看著秋穗，她幾乎一動也不動。

政治家絕對不能在女人的問題上栽跟斗。無論是日本的首相，還是美國總統，都曾經因為女人的問題而毀了自己的政治前途——大賀回想起她曾經說的話。諷刺的是，這句話在背後推了大賀一把。

「好，我知道了。」大賀說，電話的另一端傳來鬆了一口氣的聲音。

「您就當作什麼也沒發生，自己什麼都沒看到，像平時一樣離開，瞭解了嗎？」

「她的手機上有傳給我的訊息，不刪除沒關係嗎？」

「不需要動手腳，請您趕快離開那裡。」

「我知道了。」

掛上電話後，他決定立刻離開。他從衣櫃裡拿出大衣，打開門準備走去走廊時，想要回頭看床上，但最後他並沒有那麼做，頭也不回地走了出去。

日後得知了秋穗去世的消息，鵜飼調查後得知，她生前有了宮外孕。大賀聽了之後心情很複雜，因為她隻字未提懷孕的事，可能她自己也沒有察覺。

「議員，您不必為這件事煩惱。」鵜飼對他說：「即使您當時叫了救護車，也未必能夠救活她。她自己也有過錯，發現身體不適，還以與您幽會為優先。我建議您趕快忘記這件事，同時專心投入政治，這是對她最好的悼念。」

大賀點了點頭，他也覺得事到如今，後悔也無濟於事。

不久之後，就接到一通奇怪的電話。對方自稱是警視廳的人，試圖向他打聽和秋穗之間的關係，大賀在電話中恫嚇了對方，之後就沒再接到電話。聽剛才的刑事部長說，那通電話似乎是秋穗的弟弟打來的。

他之前就曾經聽秋穗提起，她有一個弟弟。她弟弟很會讀書，讓她引以為傲，既然她這麼說，顯然她弟弟真的很優秀，之前秋穗也曾經找他討論過獎學金的事。

聽說她弟弟打算復仇，在專家的指導下，製作了名為磁軌砲的武器，殺傷力很驚人。

大賀覺得這樣也無妨，敢於冒生命危險，才是鵜飼所說的「真正的政治家」。

但是，這條路沒有退路，只能勇往直前。因為自己做了泯滅人性的事，只能繼續走下去。

26

玄關的門打開了，一個像是家庭主婦的女人探出頭。草薙出示了警視廳的徽章。

「不好意思，在妳忙碌時打擾，可以請妳配合巡邏嗎？」

「有什麼事？」中年女人不安地問。

「我們想看一下府上車庫內的車子，可不可以讓我們看一下車內？」

「我家的車子嗎？沒問題啊。」

「謝謝。」草薙道謝後，向在身後待命的岸谷使了一個眼色。岸谷跑向車庫。

「請問是為什麼巡邏？」中年女人問，「和科技城有關嗎？」

不愧是本地居民，很清楚今天將舉行什麼活動。

「對，沒錯。」草薙含糊地回答後，拿出一張照片，「請問妳有沒有見過這個人？」

那是古芝伸吾的照片。中年女人搖了搖頭說，沒見過。

岸谷回來了，向草薙報告說：「沒問題。」

草薙再度轉頭看著中年女人，鞠躬說：「打擾了。」

走出大門，和岸谷一起走在街上，向隔壁住戶家的車庫張望，發現那是一輛四門轎車。「沒問題。」他小聲嘀咕後，走了過去。搬運磁軌砲必須有足夠的載貨空間，剛才那戶人家的是廂型車，所以才請屋主讓他們確認車內的情況。

手機在西裝內側震動起來，拿出手機一看，是間宮打來的。他按了通話鍵，應了一聲：「喂？」

「情況怎麼樣？」

「這個區域幾乎都已經檢查完畢，並沒有異狀。」

「是嗎？其他區域也都逐漸清查結束了，並沒有發現磁軌砲。」

「臨檢還在繼續進行嗎？」

「在奠基典禮結束之前，都會持續進行臨檢。你們那裡結束之後，就先去D帳棚待命，等一下我會再聯絡你。」

「好。」

掛上電話後，草薙也向岸谷傳達了間宮的指示。

「戒備這麼森嚴，古芝應該也發現了，也許會因此放棄動手。」後輩的年輕刑警說。

「雖然希望如此，但不能大意，畢竟他是湯川的徒弟。」

草薙和其他警視廳五十名偵查員昨天深夜來到大賀仁策的老家光原町，在縣警總部的大會議室內，舉行了共同對策會議。

根據倉坂由里奈的證詞，古芝伸吾的確想要殺害大賀，問題在於他打算什麼時候、在哪裡執行復仇計畫，最後認為應該是在舉行奠基典禮的時候。奠基典禮將在超級科技城的第四展覽會館的工地舉行，大賀仁策也會出席，而且將在奠基典禮之後致詞。

警視廳的高層去大賀的辦公室和他交涉，希望他不要出席奠基典禮，但大賀拒絕了，聽說大賀本人回答說：「我沒做什麼會讓人想要殺我的事，而且躲躲藏藏也不符合我的個性。」草薙聽到之後立刻想到，是誰在情婦命在旦夕時逃得無影無蹤？

草薙他們和縣警合作，一大早就開始在現場附近調查，尋找曾經看到古芝伸吾的人和可疑車輛。高層指示，為了以防萬一，在調查車輛時，必須同時清查私人住宅的車庫內停放的車輛，因為古芝伸吾可能在這裡有警方沒有掌握的親戚或朋友，目前正藏身此處。

高層還指示，一旦發現古芝伸吾，就當場逮捕。之前根據倉坂由里奈的證詞，已經申請了逮捕令，罪名是器物毀損罪和預備殺人罪。

草薙和岸谷一起前往D帳棚。以舉行奠基典禮的地方為中心，半徑一公里的範圍內，設置了六個警察的值班室，D帳棚就是其中之一。

草薙在帳棚內遇到了警視廳的熟人，他是草薙的同期，雖然在其他部門工作，但也被派來支援。

「我覺得太過頭了，這麼一來，殺手根本不敢靠近。應該再放鬆戒備，吸引殺手上門。」同期的警察不滿地說。

「上面擔心萬一磁軌砲發射就慘了，因為目前並不清楚磁軌砲到底有多大的威力。」

「不是高中生製作的玩具嗎？有這麼厲害嗎？」

雖然是高中生製作的，卻是在天才物理學家指導下製作的。草薙很想這麼說，但還是忍住了。

不久之後，就接到了奠基典禮已經結束的通知。草薙走出帳棚，拿起望遠鏡觀察。大賀正站在一片廣闊的草原中央，面對眾多相關人員和媒體致詞。

草薙巡視四周，並沒有發現任何可疑的車輛。

大賀離開了麥克風前，原本坐著的相關人員也紛紛站了起來，大賀坐進停在一旁的賓士。

岸谷走出帳棚，「剛才接到聯絡，所有人都回縣警總部。」

「好。」草薙回答，既然奠基典禮順利結束，就沒理由繼續留在這裡。

但是，在分別搭不同的車子回縣警總部的途中，無線電接到了緊急通知，要求他們立刻前往「陽光球場」。「陽光球場」是光原町郊區的棒球場。

草薙打電話給間宮，詢問是怎麼一回事。

「就是這麼一回事，大賀議員的行程改變了，應該說，他的行程並沒有改變，只是事先並沒有通知警方。他在去車站之前，要先去『陽光球場』，在開球式上開球。」

「開球式？」

「今天是少棒賽的決賽，聽說他每年都會參加那裡的開球式，而且並不是普通的開球式，而是由大賀議員擔任投手，町長站在擊球區進行一次打擊的比賽。大賀議員和町長在高中時曾經一起參加棒球隊，真是的，完全不知道我們的辛苦。」

「這件事有對外公布嗎？」

「光原町的官網和町長的部落格上只寫了『今年也很期待和競爭對手的對決』，雖然並沒有明確提到對手是誰，但只要調查去年新聞，就會知道是議員。」

草薙忍不住想，古芝伸吾應該是看到了相關消息。

「那個棒球場有觀眾席嗎？」

「沒有。並不是高級的球場，只是周圍拉起網子而已，任何人都可以站在外面觀賽。那片地區高低落差很大，有好幾個地方都可以俯視球場。」

「那不是很不妙嗎？」

「所以現在緊急展開警備，總之，你們趕快去那裡。」間宮大聲說完，不等草薙回答，就掛上了電話。

27

坐在副駕駛座上的湯川不停地操作電腦，薰在等紅燈時轉頭張望，發現螢幕上顯示了像是航空照之類的圖。她問湯川那是什麼，湯川回答說是「Google 地圖」，他正在確認陽光球場周邊的地形和建築物的配置。

「鎖定開球式的確棋高一著，雖然我不想在這種事上稱讚他，但我不得不說，古芝的確太聰明了。」

「是對警方的戒備將計就計嗎？」

「不光是這樣。之前聽你們說，他可能在奠基典禮動手，我就有點疑問。奠基典禮在空曠的地方舉行，的確讓人覺得是狙擊的最佳狀況，問題是事先無法瞭解正確的位置，必須等到奠基典禮舉行時，才知道大賀議員坐在哪裡，致詞時的麥克風放在哪裡。磁軌砲不是步槍，無法隨機應變、輕易改變發射方向，需要相當的準備，才能瞄準一公里左右的距離，至少也要一個小時。在戒備森嚴的情況下做這些事，馬上就會被人發現。也就是說，如果想要狙擊成功，必須事先知道目標人物會出現的固定位置，事先瞄準。」

「如果是棒球比賽，就有辦法做到嗎？」

「應該可以，因為棒球投手一定會站在投手丘的投手板上，只要事先知道大賀議員的身高，就可以推測出他頭部的位置。」

薰聽著湯川說話，握著方向盤的手漸漸滲著汗水。

「我想請教一件事做為參考，如果磁軌砲的發射物打中人的腦袋會怎麼樣？」

「不知道，」湯川懶洋洋地回答，「我從來沒有想過這種事。我說了好幾次，磁軌砲是實驗裝置，並不是武器。我當然知道妳想要表達的意思，妳是不是想要說，因使用者而異，也可以變成武器？但是，真正的科學家絕對不會選擇這種使用方式。」

「古芝同學放棄成為真正的科學家了嗎？」

湯川搖了搖頭，「我只能祈禱不是這樣。」

就在這時，放在一旁的手機響了。薰把車子停在路旁，接起了電話，電話是間宮打來的。

「已經找到古芝伸吾的車子了。雖然目前只是從外面確認，裡面裝了磁軌砲，但不見他的人影。妳馬上和湯川老師一起來這裡，詳細地點我會用訊息傳給妳。」

「知道了。」

掛上電話後，薰向湯川說明了情況，他偏著頭說：

「既然只是從車外確認，代表廂型車的後車門是關著嗎？在這種狀況下不可能發射，古芝到底打算幹什麼……」

薰的手機收到了訊息，附有一張地圖，似乎就在球場附近。

「我們先去看看再說。」薰把車子開了出去。

28

那輛車子停在高地的住宅區角落。那裡是一片空地，有好幾輛車子停在那裡，其中一輛就是白色的廂型車，確認車牌之後，證實是古芝伸吾的車子，隔著車窗，可以看到車內放了用長條金屬板製作的裝置。

草薙站在車旁，視線看向遠方，斜下方正是「陽光球場」，這裡可以筆直看向投手丘，距離大約五百公尺左右。

「的確是絕佳位置。」他忍不住嘀咕。

「真的只差一點。如果我們看到奠基典禮順利完成就離開，議員在之後的開球式遭到射殺，可不是只有刑事部長的腦袋不保而已。」間宮走到草薙身旁，正在抽菸的他吐了一大口煙說道。

「問題在於古芝伸吾，他到底躲在哪裡。」

「如果他放棄犯案，事情就簡單了。無論如何，只要我們在這裡，他就無法靠近磁軌砲。」

間宮在地上踩熄了香菸後，撿起了菸蒂。草薙從口袋裡拿出攜帶型菸灰缸時，一輛車子漸漸駛近，內海薰坐在駕駛座上。

車子停了下來，內海薰和湯川走下車。

「湯川老師，不好意思，還麻煩你從百忙中抽空過來。」間宮跑了過去，向湯川打招呼。

湯川點了點頭，看向草薙，他們四目相接。

「就是這輛車子嗎？」湯川問。

「沒錯。」草薙回答後，打開了滑門。雖然原本車門上了鎖，但剛才已經解開了車鎖。

湯川戴上草薙遞給他的手套走向車子，他看著車內裝置的表情並沒有太大的變化。

「怎麼樣？」草薙問他，「沒錯吧？」

「的確是磁軌砲，」湯川說，「的確是古芝高中的時候，在我的指導下製作的磁軌砲，電容器、變壓器，還有輸出電壓的變壓器都和當時一樣。」

「太好了！」間宮大聲說道，他拿出手機，似乎打算向上司報告。

草薙指著棒球場問：「有辦法從這裡狙擊嗎？」

湯川冷靜的雙眼看向球場，「如果想要狙擊，應該沒問題。」

「但是目前的狀態下無法狙擊，我這個非理科系的外行也知道，裝置並沒有組裝起來，古芝到底有什麼打算？」

「不知道。」湯川從肩背包裡拿出望遠鏡，開始眺望遠方的景色，但他看向和棒球場完全不同的方向，好像對這起事件根本沒有興趣。

「你在看什麼？」

「沒什麼。」湯川放下了望遠鏡，「既然我的任務已經完成了，可以離開了嗎？我不想看到古芝被逮捕的那一幕。」

「好，沒問題……」

「可不可以送我去車站？之後我可以自己回去……」

內海薰在回答之前，看著草薙，徵求他的意見。

「妳送湯川去車站。」

「好。」內海薰回答後，走向車子，湯川也跟在她的身後。草薙對著湯川的背影說：「湯川，不好意思啊，但也順利阻止了古芝伸吾成為殺人兇手，這樣不是比較好嗎？」

湯川轉過頭，臉上露出淡淡的笑容。雖然他的嘴角露出笑容，但眼中充滿悲傷的眼神。

「我最瞭解他。」湯川說完，坐上了車子。

「什麼意思啊？」草薙望著離去的車子嘀咕道，間宮走了過來。

「上面指示，除了監視的人員以外，其他人都一起尋找古芝的下落。開球式在三十分鐘後開始，古芝既然失去了磁軌砲，如果想要殺大賀議員，只有親自上陣了，所以要加強球場周圍的巡邏。」

「知道了。」草薙回答。

29

抵達車站之前，湯川始終不發一語。薰猜想他雖然對成功阻止了古芝伸吾行凶感到鬆了一口氣，但還是很受傷。

湯川在車站前的圓環下車時，用低沉的聲音說了聲：「謝謝妳送我。」之後，就轉身離去了。

薰正準備驅車離去，發現副駕駛座的腳下掉了一塊布。撿起來一看，是擦眼鏡布，應該是湯川掉落的。

雖然沒有這塊眼鏡布也沒問題，但薰還是下了車，尋找湯川的身影，他應該還沒有走遠。

薰很快就發現了原本應該走進車站的湯川，他正準備搭上一輛計程車。

他打算去哪裡？薰來不及思考，立刻回到車上發動引擎，把車子開了出去。

計程車離開了圓環，薰和計程車保持了距離開始跟蹤。她注視著前方以免跟丟，同時單手抓起手機，她打算請求間宮或草薙的指示。

但是——

薰立刻把手機丟向副駕駛座，因為她打算聽湯川說明之後再決定。

不久之後，前方出現了一個巨大的購物中心。計程車在購物中心前停了下來，湯川下了車，走向那棟建築物。

薰在超越了湯川後停下車，走出車外。「湯川老師！」

湯川停下腳步看著她，咬著嘴唇，似乎發現情況不妙。

薰瞪著他問：「請問這是怎麼一回事？」

「沒怎麼回事啊，我只是來購物中心。」
「來這裡幹什麼？你從車站特地搭計程車來這裡買什麼？」
「這和妳沒有關係。」
「既然這樣，那我和你一起去。」
「不需要。」
「我要去，我會跟著你。請你好好享受購物樂趣，不必介意我。」
湯川眉頭深鎖，眼中露出焦急的眼神。
「這裡到底有什麼？」薰對湯川說：「請你告訴我。」
「不行。拜託妳，讓我一個人去。」
「不可能。」薰拿出手機，「如果你不告訴我，我馬上通知草薙先生。」
湯川痛苦地皺著眉頭，「我沒時間了，開球式不是快開始了嗎？」
「你為什麼要擔心這件事？磁軌砲不是已經不能用了嗎？」
湯川移開視線，搖了搖頭說：「並不是這樣。」
「不是這樣？這句話是什麼意思？請你告訴我。」
「對不起，無論發生任何事，責任都由我一個人來扛，我會一肩扛起所有的責任，所以妳就讓我去吧。」

湯川想要離開，薰抓住了他的手臂。

「既然這樣，我也和你一起去，我也會負起責任。」

「妳別亂來……」

「老師，是你在亂來。你應該瞭解我的性格，你認為我會罷休嗎？」

湯川眼中露出痛苦的眼神。

30

隔著鐵網，可以看到那群少年正在練習防守。草薙和間宮一起在球場的停車場內，大賀仁策等人剛才已經抵達，走進了一旁的球場辦公室，等他們換好衣服之後，開球式應該就會開始了。

「古芝可能不會出現，」間宮悠然地說，「既然武器已經遭到扣押，他根本束手無策，搞不好現在已經離開這裡了。」

「也許吧。」

「我們可能把他想得太厲害了，即使是高材生，也未必是犯罪高手，畢竟只是高中剛畢業的小毛頭。話說回來，他能夠在高中時就製作那種東西，真的很厲害。」

「是啊。」草薙在回答的同時，感到有哪裡不太對勁。

高中時製作的——

不，應該不是這樣。雖然在高中時製作了原型，但之後在各方面進行了改造，古芝伸吾也是為了這個目的，才進入倉坂工機，而且倉坂由里奈也證實了這件事。

草薙恍然大悟，他想起了湯川剛才說的話。

「的確是古芝高中的時候，在我的指導下製作的磁軌砲，電容器、變壓器，還有輸出電壓的變壓器都和當時一樣。」

和當時一樣——

不可能。如果某些部分經過了改造，湯川不可能說那些話。

「股長，內海有沒有打電話回來？」草薙問間宮。

「不，沒有。你這麼一說，我想起來了，怎麼這麼久還沒有聯絡？」

莫薙拿出手機，打電話給內海，電話馬上就接通了。「喂？」內海難得用低沉的聲音回答。

「我是草薙，妳目前人在哪裡？」

她沒有立刻回答，似乎在猶豫什麼。

「湯川呢？湯川怎麼了？妳送他去車站了嗎？他回東京了嗎？」

「我目前……和湯川老師在一起。」

「和湯川？喂，這是怎麼回事？妳解釋一下，你們在哪裡？」

「我們在球場東方一公里左右的購物中心。」

「購物中心？你們在那裡幹什麼？」

內海停頓了一下後回答說：「在等古芝伸吾出現。」

草薙握著電話跑了起來。間宮叫著他，但他無暇回答。

31

一群身穿制服的少年出現在筆電的螢幕上，他們輕快地在場上活動，但防守練習似乎已經結束，所有人都把球投還給投手。比賽似乎快開始了，但在此之前，還要舉行一場滑稽的儀式，大賀仁策將和町長進行一次打擊對決。

太荒謬了，簡直讓人忍不住想要唾棄。接下來，這群少年要認真進行比賽，兩個大人卻跑來玩自己的餘興節目。

但是，今天很歡迎這場無聊的儀式。因為大賀仁策，那個對秋穗見死不救、罪大惡極的人，將站在投手丘這個極佳的目標位置。

伸吾看著手錶，比原定時間晚了五分鐘。一定是大賀遲到，那個男人習慣讓別人等待。秋穗手機上留下的訊息顯示，他經常讓秋穗在飯店等他。姊姊為什麼會喜歡那種男人？雖然明知道想這種事也沒用，但還是感到不甘心。

大賀仍然沒有出現在球場上。他再度看了手錶，連續深呼吸，揉了揉臉。不知道是不是空腹的關係，胃有點痛。已經超過十個小時沒吃東西了。雖然在便利商店買了三明治和罐裝咖啡，但完全沒有食慾。

他很懷念秋穗做的料理。她對廚藝並不精通，但即使再忙，也會為弟弟做各種菜，滷漢堡排是她的拿手菜之一。

「不要因為你在家庭餐廳打工，就整天吃餐廳裡的食物。餐廳裡的食物大部分都是冷凍的，不是嗎？如果不吃用心製作的料理，營養會不均衡。」伸吾上了大學，開始打工後不久，她曾經這麼說過，並在盤子裡裝了滿滿的漢堡排，醬汁幾乎快溢出來了。

「我反而覺得整天吃漢堡排營養會不均衡。」

「你廢話少說，我的漢堡排很特別，裡面加了姊姊的愛這種調味料，所以你就給我乖乖吃下去。」

回想起當時，伸吾忍不住熱淚盈眶。一個星期後，她就離開了人世。

兩個男人從選手席走了出來，兩個人都穿著制服。其中一人是大賀仁策，他左手戴著手套，輕輕揮動右手走向投手丘。

伸吾操作著鍵盤，螢幕中的影像不斷擴大，電腦上顯示了磁軌砲的瞄準器傳輸的影像。

停在高地上的那輛廂型車恐怕已經被警方發現了，否則，警察應該也會來到這個購物中心的立體停車場。八成不會有人想到，廂型車上的磁軌砲只是幌子。

雖然查遍了網路上所有的報導，但並沒有發現長岡修命案的相關新聞。不知道是偵查毫無進展，還是目前的階段還無法對外公布偵查的進度，但伸吾認為警方應該掌握了自己的計畫，因為警方一定知道自己從高中搬走了磁軌砲，更何況倉坂由里奈不可能一直保持沉默。

大賀仁策的臉部特寫出現在螢幕上，螢幕中央有一個白色的圓圈，當大賀的頭部進入那個圓圈的瞬間，就是決定伸吾命運的時刻。圓圈的直徑為三十公分，說句心裡話，伸吾並不知道能不能命中目標，只是根據計算，應該能夠以某種程度的機率擊中目標。無論如何，自己已經盡了最大的努力。

「姊姊，」他輕輕叫了一聲，腦海中浮現出秋穗的臉，「我馬上就會替妳報仇——」

大賀漸漸靠近，他的頭部即將進入圓圈的中心。

伸吾吞了吞口水。電容器已經充完電，發射程式也已經準備好了，只要按下輸入鍵，射彈就會發射出去。

他的手指伸向鍵盤。

沒想到下一剎那，螢幕上的影像突然消失了。

伸吾慌了手腳，不知道發生了什麼狀況。將磁軌砲連到電腦螢幕上的程式失靈了。

唯一的可能，就是磁軌砲本身發生了異狀。伸吾走下向租車行借來的廂型車，這裡是立體停車場的二樓。

他搭了附近的電梯來到屋頂，最角落的車位停了一輛裝了車篷的卡車，這也是向租車行租來的。

伸吾爬上卡車的車斗，上面裝載了他復仇的結晶。

磁軌長二十公尺，總重量約三百公斤，他自負這是全世界最高水準的磁軌砲，磁軌砲的前端對準了一公里外的棒球場。

外觀看起來並沒有任何異狀。伸吾焦急萬分，如果不趕快，就會錯過機會。

就在這時，他聽到了陌生的電子音樂。他看向聲音的方向，發現那裡有一支手機，他以前沒看過那支手機，為什麼會有手機放在這裡？伸吾戰戰兢兢地拿起手機，一看來電顯示，忍不住瞪大了眼睛。因為上面顯示了「湯川」的名字。

他調整呼吸後接起電話。

「喂？」

「使用磁軌砲，確認是否可以狙擊一公里外約三十公分的目標——這個實驗的確讓人很有興趣，當然，我是說，如果目標不是人頭的話。」電話中傳來湯川快活的聲音，「不好意思，我改寫了主體的程式，磁軌砲的控制權目前在我手上。」

伸吾拿著電話走下車斗，急忙四處張望。

他看到湯川站在對面那棟房子的屋頂上，身旁還有一個年輕女人。

「老師，你怎麼會……」

「我仔細欣賞了你的磁軌砲，很出色，太佩服了。兩年前，我曾經和你分享了進一步增強威力的方法，你充分反映在製品上，你是出色的技術人員。」

「謝謝。」他脫口道謝。

「我看了警方在你家找到的射彈設計圖，原來你採用了兩年前一度放棄的螺旋槳方案。」

「對。」伸吾回答，「用樹脂塗在球形玻璃表面，並以一百二十度的間隔，在樹脂上留下Y字形的切口。在發射的瞬間，樹脂會因為空氣阻力，向三個不同的方向剝開。」

「就像剝橘子皮一樣，剝落的樹脂發揮了像螺旋槳葉片的作用，讓射彈產生旋轉。」

「橘子皮會在下一剎那剝落，但剩下的球體射彈會持續旋轉，可以增加指向性，同時減少空氣阻力，就像步槍的子彈一樣。」

「太出色了。」湯川滿意地點著頭。

「你有計算過射彈無法打中目標，傷及無辜的機率嗎？」

「有，」伸吾回答，「機率低於零點零一。」

「打中目標的機率呢？」

「這……在無風的情況下，應該是百分之五十。」

「機率這麼低沒問題嗎？」

「當然有問題，但我想不到其他方法。」

「應該還有放棄這個選項，喔！議員的投球練習已經結束了，」湯川看著電腦螢幕說，「終於要和町長對決了。」

「老師……」

「總而言之，我來這裡，是要負起責任，」湯川說：「我已經瞭解情況了，你也不是聖人君子，得知有人見死不救你心愛的人，當然會想要報仇，但是，請你回想一下當初專心研究磁軌砲的時候，我們聊了什麼？我們不是聊了科學的美好嗎？我向你傳授科學知識，可不是為了讓你做這種事。」

伸吾無言以對，只好低下頭。

「但是，」湯川接著說，「我並不會強迫你放棄，如果你無論如何都想要報仇，我會助你一臂之力。因為當初是我教你製作磁軌砲，所以就由我來做一個了結。如果你還想發射，告訴我一聲，議員的腦袋進入瞄準器的瞬間，我就會把射彈發射出去。」

32

電梯門打開的瞬間，草薙立刻衝了出去，他推開玻璃門，率先衝到屋頂。他看到了內海薰，湯川在她身後。

草薙試圖靠近時，內海薰擋在他面前，用力張開雙手，擋住了他的去路。

「這是幹嘛？」

「請不要繼續靠近湯川老師。」

「啊？妳別開玩笑了，妳在說什麼啊？」

「對面那棟建築物的屋頂上不是有一輛卡車嗎？古芝伸吾就在卡車旁。」

草薙看向那個方向，發現內海薰說的沒錯。

她繼續說道：「卡車上有真正的磁軌砲，廂型車上的只是幌子，真正的磁軌砲有兩倍大。」

草薙咂著嘴，「果然是這樣。」

湯川可能聽到了他們的說話聲，回頭看了過來。

「啊呀啊呀，警視廳的草薙副警部，不好意思，讓你特地來這裡，但希望你別再繼續靠近了，否則，我就要按下磁軌砲的開關。」

「什麼？那傢伙在說什麼？」草薙問內海薰。

「磁軌砲的控制裝置目前在湯川老師手上。」

「妳說什麼？」

「我有言在先，」湯川看著草薙說，「你們的人也不要靠近古芝，只要有一名偵查員出現在對面，我也會按下開關。」

「湯川，你瘋了嗎？」

「這是我這輩子最清醒的一刻，」湯川說完，拿起手機放在耳邊，「雖然警察來了，但不必擔心，我不會讓他們干擾。你還不下指令嗎？大賀議員已經和町長開戰了，議員的腦袋不時進入了瞄準器，要動手的話就必須趁早。大賀議員的控球不錯，已經投了一個好球，如果你慢吞吞，町長被三振後就結束了。」

草薙瞪著內海薰，小聲地問：「妳什麼時候知道的？」

「來這裡之後才知道。」

「為什麼不早點通知我？」

她低下頭，沒有說話，似乎難以回答。

「喂！」

「我希望交由湯川老師作決定。」內海薰抬起了頭。

「妳是認真的嗎？」

「對不起，我已經做好接受處分的心理準備。」

這不是問題的重點——草薙擦了擦額頭。雖然天氣有點冷，但他額頭冒著汗。

33

「怎麼了？你放棄了嗎？」湯川在電話中問，「你不是準備了將近一年嗎？不是做好被警察逮捕的心理準備嗎？既然這樣，還有什麼好猶豫的？不必在意我，我是自作自受，因為我沒有正確教導學生，所以必須接受這樣的懲罰。」

恩師的話讓伸吾產生了動搖，不能讓湯川承受這一切，但錯過眼前的機會，就永遠無法為秋穗報仇了。

他回想起至今為止的這些日子，他整天都只想著復仇，除此以外別無所求。一旦報了仇，捨棄自己的生命也無妨。

「目前的計數是一好球兩壞球。」湯川說，「怎麼辦？你差不多該作決定了。」

伸吾抬起頭，和湯川四目相接。

「最後，」湯川說：「有一件事要告訴你。兩年前，我們合作完成磁軌砲的那天晚上，不是在你家舉行了小型慶功會嗎？你姊姊秋穗也一起參加了，你記得嗎？」

伸吾點了點頭。他當然不可能忘記，那是他愉快的回憶之一。

「你喝了啤酒之後睡著了，你姊姊告訴我一件很有意思的事，是關於你爸爸的事，你知道你爸爸生前具體做什麼工作嗎？」

伸吾不知道，所以搖了搖頭說：「不知道。」

「那我就告訴你，你爸爸生前在開發研究撤除地雷的機器，為此多次前往柬埔寨。」

「地雷……」

伸吾很驚訝，因為他第一次聽說這件事。

「我去了你爸爸生前任職的曉重工，瞭解了詳細的情況，他在提議開發時的報告後記中，寫了這樣一段話，」湯川從懷裡拿出一張紙，「地雷和核武一樣，是科學家研發的最糟糕、最不人道的東西。無論在任何情況下，科學技術都不能用於傷害他人，或是威脅他人的生命。我身為一個有志於科學的人，想要糾正過去犯下的錯誤——你聽了這段話，有什麼感想？」

伸吾受到很大的衝擊，他完全不知道爸爸以前做的工作。

「這個理念很出色，但你爸爸為什麼從來不和你談論自己的工作？這也是你姊姊在那天晚上告訴我的，據說你爸爸是刻意瞞著你，你知道是為什麼嗎？」

「不知道。」

「你爸爸對你姊姊說，他所做的事既不是為社會奉獻，也不是善行，而是懺悔，不值得在兒子面前炫耀。」

「懺悔？」

「你爸爸在曉重工任職之前，在一家美國企業工作。那是你出生之前的事，你當然不知道吧？」

伸吾第一次聽說這件事，所以回答說：「我不知道。」

「那家公司和軍需產業有關，當時，你爸爸負責殺人地雷的製造。」

伸吾一驚，身體微微顫抖。

「因為當時還年輕，所以並沒有深入思考自己工作的意義，只認為地雷和彈藥一樣，只是一種武器。既然戰爭無法消失，當然需要武器，他對地雷只有這種程度的認識而已，但是有一次，他親眼目睹了雙腳被地雷炸斷的小孩子。那個小孩子明知道附近有地雷，為了幫家人汲水，不得不經過那片區域。你爸爸得知這件事後，發現自己犯下了重大的錯誤，同時對自己之前所做的事感到羞愧不已。於是，他回到日本，在曉重工重新出發，希望自己身為研究人員的餘生，可以改正之前所犯下的錯誤。」

湯川說的每一句話都深深打進伸吾的內心。父親惠介的臉浮現在眼前，他從來不知道，父親溫和的表情下，竟然隱藏著這些痛苦。

「掌握科學的人就能夠掌握世界。」湯川一字一句地說道，「但在想到核武和地雷時，這句話代表了完全不同的意義。你爸爸為了提醒自己，一直牢記這句話。那天晚上，你姊姊說，以後要把這些事告訴你。古芝，怎麼樣？你聽了這些話之後，有什麼感想？你在天堂的爸爸，會為你目前打算做的事感到高興嗎？——喔喔，界外球，這是第三次了，町長很善戰嘛，目前是兩好球，三壞球，下一顆球就決定勝負了。趕快作決定，目前瞄準了議員的腦袋，如果你要下指令，就必須趁現在。」

伸吾感到渾身脫力，但那並不是無力感，而是卸下了壓在身上重擔的感覺。他放下電話，無力地垂著雙手，注視著湯川。

湯川也注視著他，臉上露出平靜的笑容。

湯川示意他把電話放在耳邊，伸吾順從地照辦了。

「中外野落地安打，町長代替你教訓了大賀議員。」

伸吾的嘴角露出笑容。他不由得想，已經多久沒有發自內心地笑了？

34

滿天飛舞的櫻花花瓣剛好飄進紙杯。

「啊，這是好兆頭。」岸谷滿臉通紅地說。平時他都穿西裝，今天穿著夾克和牛仔褲，看起來比平時更年輕了。

「是嗎？反正總比壞兆頭好。」草薙連同啤酒，把花瓣一起喝了下去。

內海薰為他倒啤酒，「湯川老師怎麼還沒來，要不要打電話給他？」

「他這個人，就喜歡擺架子，他一定覺得姍姍來遲，我們會更感激他。別管他，別管他。」

時序進入四月，這天剛好是草薙他們這一股休假，所以就決定來賞櫻。內海薰說，邀湯川一起來，沒有人表示反對。

磁軌砲事件落幕之後，草薙和湯川還沒見過面。為了迴避，由其他偵查員負責訊問湯川，湯川有妨礙公務執行的嫌疑，但最後獲得不起訴處分。

古芝伸吾以器物毀損罪遭到起訴，但並未追究預備殺人罪，草薙認為這是適當的判斷。

大賀仁策沒有任何變化，超級科技城的計畫如期進行，也沒有任何週刊刊登他的緋聞。

草薙打算下次見到湯川時，向他確認一件事。如果古芝伸吾發出指令，他真的會讓磁軌砲發射嗎？

間宮和大部分偵查員都認為不可能。

「發射根本沒有意義，只要用大賀沒有進入瞄準範圍等理由打發就好，湯川老師這麼聰明，這種事難不倒他。」

內海薰則斷言，湯川應該會發射。

「我在一旁看得很清楚，老師的眼神很認真，即使最後殺了議員，他應該也會去服刑，但是，他不會後悔，他就是這樣的人。」

以常識判斷，間宮他們的意見比較合理，但草薙很瞭解湯川，所以也能理解內海薰說的話。

事後請科搜研詳細調查了磁軌砲，據說完成度屬於天才等級。科搜研推測，一旦發射，射彈將會以相當高的機率命中目標，大賀仁策的腦袋會像西瓜一樣炸開。

草薙很想趕快見到湯川，向他瞭解究竟，沒想到收到了訊息。一看，原來是湯川傳來的。

臨時要去紐約一趟，暫時不會回國。即使發生了事件，你也不要找到美國來。後會有期。

草薙苦笑起來，猶豫著該不該回覆，最後決定已讀不回，因為他覺得這樣很快又可以見面。

那這瓶酒也留到下次吧——他看著放在一旁的那瓶葡萄酒，就是那瓶「第一樂章」。

一陣風吹來，花瓣像雪花般飄舞。

關於《禁忌的魔術》

東野圭吾

之前曾經寫過好幾次，伽利略系列的第一篇是名為〈燃燒〉的短篇小說，寫於一九九六年秋天。之後，就用各種形式繼續寫這個系列的故事。這個系列的基本路線，就是由物理學者湯川從科學的角度，破解刑警草薙遇到的各種費解的謎團。

但是，從《伽利略的苦惱》開始，就很難繼續循這種固定模式創作。原因很明確，在這個系列的第一部長篇作品《嫌疑犯X的獻身》之後，主角湯川和草薙在我內心不再只是「小說的棋子」，而是變成了「活生生的人」。既然是人，就有各自的人生，也有日常生活。即使只是短篇，也無法只是「在故事中登場，解謎之後下台一鞠躬」。不，也許讀者認為這樣也沒問題，只是作者自己漸漸無法接受。

前一部作品《虛像的丑角》中收錄了四則短篇小說，以稿紙來計算，每個故事都超過一百頁，對短篇小說來說，這樣的篇幅有點長，也許說是中篇小說比較恰當。因為我想要寫湯川和草薙的人生故事，所以很自然地拉長了篇幅。當然也是因為我認為對作品來說，這樣的寫作方式更理想，才決定這麼做。

只是有一件事令人在意。那就是之前的短篇集都是由五則短篇構成，在創作《虛像的丑角》時，也希望寫滿五篇。

但是，現實很諷刺。照理說，寫作的點子已經枯竭，當我想要再寫一篇時，竟然同時想到好幾個點子，都是難以割捨的點子，而且這些點子都只能用於伽利略系列。

以前，我一直為想不到這個系列的點子痛苦不已，為什麼會發生這種事？答案很明顯，因為我想要積極描寫湯川和草薙的人生和生活。

看這個系列的讀者或許知道，湯川和草薙經常一起喝酒。尤其是草薙，雖然自認薪水很低，但偶爾會出入銀座的高級酒店。如果那家店有一個小姐具有透視能力，然後在湯川面前展示這種能力，湯川會有什麼反應？——我試著朝這個方向思考，因為我覺得湯川挑戰的謎團即使和殺人命案沒有直接關係也無妨。於是，就寫下了〈透視〉這個短篇。

同時，我也讓湯川在〈曲球〉中，挑戰了和以前完全不同的事。讓陷入困境，被迫引退的棒球選手復活，描寫湯川運用以前破解殺人命案時所使用的科學知識幫助他人。

湯川在〈念波〉中，也展現了全新的一面。之前，他協助草薙破解了一個又一個謎團，但在這個故事中，他面對「心電感應」這個謎團，嘗試了和之前完全不同的方法。草薙也不瞭解其中的意圖。雖然不是可以一用再用的手法，但我為自己想到了獨特的點子感到得意。

問題在於〈猛射〉。我原本打算讓湯川在這個故事中接受考驗，浮現在腦海中的點子是「如果湯川因為自己的關係，導致別人差一點成為殺人兇手，他會如何陷入痛苦，又會如何負起責任？」

一旦開始思考，想像的內容就越來越豐富。當我很投入地開始寫這個故事時，漸漸遠遠超過了短篇的份量。湯川在劇情走向高潮時所採取的行動，一定會讓很多讀者大吃一驚。

完成了這四則故事後，再加上之前已經完成的四則故事，以稿紙來計算的話，有將近一千頁。一旦集中同在一冊，就會變得很厚。如果是長篇小說，這種厚度當然不是問題，但短篇小說集不需要一口氣從頭看完，這樣的厚度根本沒有意義，而且讀者閱讀也很不方便。想了很久，最後決定分成《虛像的丑角》和《禁忌的魔術》兩本書。其實應該再寫兩篇，讓兩本書各有五則故事，但我真的沒辦法了。

但是，在這兩本書的裝幀上花了一點工夫。伽利略系列之前的單行本都是精裝本，在《虛像的丑角》之後，變成了平裝本。這是考慮到閱讀的方便性和價格之後做出的決定，絕對不是基於「因為內容很輕，所以讓書也變輕」的想法這麼做。

寫完這兩本，我整個人都虛脫了，暫時不願去想伽利略的事。但我投入了這麼多的心力，所以很有自信，讀者在閱讀之後，一定會感到滿意。

（本篇出自日本二〇一二年出版《禁忌的魔術》單行本之官方網站）

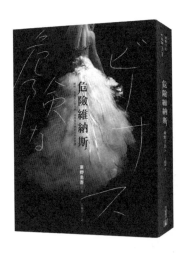

□集滿4個印花贈品（二款任選其一）：

A：【推理謎】LOGO皮質燙銀典藏書套一個
（黑色，25開本適用，限量1000個）

B：【推理謎】吉祥物『獨角獸』圖案皮質燙金典藏書套一個
（咖啡色，25開本適用，限量1000個）

□集滿8個印花贈品（二款任選其一）：

C：【推理謎】LOGO皮質燙金證件名片夾一個
（紅色，11.5cm x 8.6cm，限量500個）

D：【推理謎】吉祥物『獨角獸』圖案環保購物袋一個
（米色，不織布材質，41.5cm x 38.6cm，限量1000個）

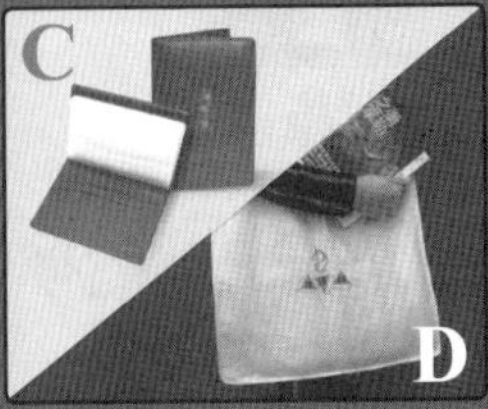

□集滿12個印花贈品（二款任選其一）：

E：【推理謎】LOGO不鏽鋼繩鑰匙圈一個
（限量500個）

F：【推理謎】吉祥物『獨角獸』圖案馬克杯一個
（白色，320cc容量，限量500個）

謎人俱樂部會不定期推出最新限量贈品提供兌換，請密切注意活動官網和粉絲專頁。

?

【注意事項】

◎本活動僅限台灣地區讀者參加。
◎贈品兌換期限自即日起至2019年12月31日止（以郵戳為憑）。
◎贈品圖片僅供參考，所有贈品應以實物為準。
◎所有贈品數量有限，送完為止。如讀者欲兌換的贈品已送完，皇冠文化集團有權直接改換其他贈品，不另徵求同意和通知。贈品存量將定期在【謎人俱樂部】活動官網上公佈，請讀者在兌換前先行查閱或直接致電：（02）27168888分機114、303讀者服務部確認。
◎皇冠文化集團保留修改或取消謎人俱樂部活動辦法的權利。辦法如有更動，將隨時在【謎人俱樂部】活動官網上公佈。

國家圖書館出版品預行編目資料

禁忌的魔術 / 東野圭吾 著 ; 王蘊潔 譯. -- 初版. -- 臺北市 : 皇冠, 2018. 08
面; 公分. --(皇冠叢書; 第4707種) (東野圭吾作品集 ; 30)
譯自 : 禁断の魔術
ISBN 978-957-33-3390-6 (平裝)

861.57　　107010632

皇冠叢書第4707種
東野圭吾作品集30

禁忌的魔術

禁断の魔術

作　　者—東野圭吾
譯　　者—王蘊潔
發 行 人—平雲
出版發行—皇冠文化出版有限公司
台北市敦化北路120巷50號
電話◎02-27168888
郵撥帳號◎15261516號
皇冠出版社(香港)有限公司
香港上環文咸東街50號寶恒商業中心
23樓2301-3室
電話◎2529-1778　傳真◎2527-0904
總 編 輯—龔橞甄
責任主編—許婷婷
責任編輯—蔡承歡
美術設計—王瓊瑤
著作完成日期—2015年
初版一刷日期—2018年08月
初版四刷日期—2019年02月
法律顧問—王惠光律師

讀者服務傳真專線◎02-27150507
電腦編號◎527027
ISBN◎978-957-33-3390-6
Printed in Taiwan
本書定價◎新台幣350元/港幣117元

謎人俱樂部贈品兌換卡

我要選擇以下贈品（須符合印花數量）：□A □B □C □D □E □F

1	2	3	4
5	6	7	8
9	10	11	12

【個人資料蒐集、利用及處理同意條款】

您所填寫的個人資料，依個人資料保護法之規定，皇冠文化集團將對您的個人資料予以保密，並採取必要之安全措施以免資料外洩。您對於您的個人資料可隨時查詢、補充、更正，並得要求將您的個人資料刪除或停止使用。

本人同意皇冠文化集團得使用以下本人之個人資料建立該集團旗下各事業單位之讀者資料庫，做為寄送出版或活動相關資訊、相關廣告，以及與本人連繫之用。本人並同意皇冠文化集團可依據本人之個人資料做成讀者統計資料，在不涉及揭露本人之個人資料下，皇冠文化集團可就該統計資料進行合法地使用以及公布。

□同意　　□不同意

我的基本資料

姓名：＿＿＿＿＿＿＿＿＿＿

出生：＿＿＿＿年＿＿＿＿月＿＿＿＿日　　性別：□男 □女

職業：□學生 □軍公教 □工 □商 □服務業

□家管 □自由業 □其他＿＿＿＿＿＿＿＿

地址：□□□□□＿＿＿＿＿＿＿＿＿＿

電話：（家）＿＿＿＿＿＿＿＿　（公司）＿＿＿＿＿＿＿＿

手機：＿＿＿＿＿＿＿＿＿＿

e-mail：＿＿＿＿＿＿＿＿＿＿

我對【東野圭吾作品集】系列的建議：

寄件人：

地址：□□□□□

北區郵政管理局登
記證北台字1648號
免 貼 郵 票
（限國內讀者使用）

10547

台北市敦化北路120巷50號

皇冠文化出版有限公司 收